Copyright

Das Arangement

Buch eins in der Milliardäre von Seattle Serie

Nora Ford

Deutsch von Anna Krieger

Kapitel Eins

Thalia

" Tschüss, Mom. Ich habe dich lieb", sagte ich und legte das Telefon seufzend auf. Meine Mutter rief mich heute viermal an. Es machte mich langsam verrückt. Obwohl ich ihr immer wieder sagte, dass mein Treffen mit Adam Grant ein Geschäftstreffen und kein Date war, verstand sie es nicht. Sie war so aufgeregt, dass sie sich alle paar Stunden bei mir meldete.

Doch eine Ausrede um mich anzurufen, fand sie jedes Mal. Ich durchschaute sie mühelos.

Dieses Mal sagte sie mir, dass mein Sohn Timo sein Abendessen aß und im Garten spielte. Das war klug von ihr, denn mein Sohn stand ganz oben auf meiner Prioritätenliste und meine Arbeit kam an zweiter Stelle. Sie konnte allerdings nicht begreifen, dass Männer überhaupt nicht auf dieser Liste standen.

Denn ich hatte seit meiner Scheidung vor sechs Jahren Männer für immer abgeschworen. Meine Mutter wollte das aber nicht akzeptieren.

Ich hatte eine großartige Familie; sie waren liebevoll, fürsorglich und unterstützend. Obwohl ich nicht in die Fußstapfen meines Vaters trat und nicht wie meine Schwestern Medizin studierte, waren sie nicht enttäuscht.

Meine Eltern waren zwar nicht glücklich darüber, dass ich das College abbrach und alles zurückließ, um mit meinem Mann nach England zu ziehen, aber sie respektierten meine Entscheidung. Sie sagten nie: „Wir haben es dir doch gesagt", als ich ein Jahr später pleite, schwanger und ohne Hochschulabschluss zurückkehrte. Sie ermutigten mich, neu anzufangen und finanzierten sogar meine Kurse in Grafik und Webdesign, nachdem mein Ex-Mann jeden Cent meines Treuhandfonds genommen hatte.

Meine Eltern sagten immer: „Jeder kann über seine Umstände hinauswachsen und erfolgreich sein, wenn er nur entschlossen und leidenschaftlich ist in dem was er tut." Das war ich. Ich liebte, was ich tat und war gut darin.

Mit meinem Sohn und meiner Arbeit hatte ich keine Zeit oder Energie für etwas anderes und ich mochte mein Leben so, wie es war. Meine Eltern und Schwestern machten sich jedoch die ganze Zeit Sorgen um mich.

Ich liebte sie alle so sehr, allerdings waren sie manchmal richtige Nervensägen.

Meine Mutter wollte, dass alle ihre Töchter das hatten, was sie mit meinem Vater hatte, eine perfekte Ehe. Sie waren seit dreißig Jahren verheiratet und liebten sich immer noch sehr.

Meine Eltern waren Seelenverwandte. Sie verliebten sich und heirateten in England, während mein Vater in seinem ersten Arbeitsjahr als Assistenzarzt war. Meine Mutter war eine Krankenschwester im selben Krankenhaus. Kurz nachdem meine ältere Schwester Olivia geboren wurde, kündigte sie ihren Job, um eine Vollzeit Ehefrau und Mutter zu werden. Obwohl sie ihre Arbeit liebte, war sie mit ihrer Rolle als Ehefrau und Mutter zufrieden.

Als mein Vater beschloss, einige Jahre später in die Staaten zurückzukehren, verließ meine Mutter ihr Land, ihre Familie und ihre Freunde und kam mit ihm hierher. Das war vor zwanzig Jahren, sie bereute es nie. Sie sagte immer, mit der richtigen Person konnte man überall glücklich sein.

Sie hatte wahrscheinlich recht, aber für mich existierte diese richtige Person nicht. Das hatte ich auf die harte Tour gelernt. Schon einmal hatte ich geglaubt, dass ich die richtige Person gefunden hatte und hatte diese blind vor Liebe geheiratet. Und er hatte mich tief verletzt. Ich wusste, dass ich diese Art von Schmerzen nicht noch einmal verkraften könnte. Kein Mann war dieses Risiko wert. Ich musste jetzt an meinen Sohn denken.

Sobald ich mich dabei erwischte, über meine schmerzhafte Eheerfahrung nachzudenken, versuchte ich schnell die Erinnerungen zu verdrängen. Ich ging in mein Zimmer und begann mich auf mein Treffen vorzubereiten.

Zwei Stunden später saß ich adrett angezogen in meinem Auto und machte mich auf den Weg ins Restaurant, wo dieses Treffen stattfinden sollte. Ich traf mich nicht mit Kunden außerhalb ihrer Büros, aber Adam Grant war eine Ausnahme.

Er war eine Legende der Geschäftswelt. Er war erst vierundzwanzig Jahre alt, als er die Investmentgesellschaft seines Vaters übernahm. In etwas weniger als zehn Jahren verwandelte er sie in ein Imperium.

Adam Grant hatte es kürzlich auf die Forbes-Liste unverheirateter Milliardäre geschafft.

Er strahlte Charisma aus. Sein Geld hatte ihn sowohl auf die Titelseiten des Wall Street Journal als auch auf die der Regenbogenpresse gebracht. Ich hatte gelesen, dass er kürzlich seine Verlobung aufgelöst hatte. Es war nicht so, dass ich mich

3

für sein Privatleben interessierte. Aber die Klatschspalten hatten lang und breit darüber berichtet. Wochenlang versuchte ich, einen Termin mit ihm zu vereinbaren. Es war jedoch hoffnungslos. Also entschied ich mich für einen anderen Weg. Gekleidet in Jeans und Kapuzenpulli stürmte ich letzte Woche in sein Büro. Wenige Minuten waren alles, was ich hatte, bevor seine Assistentin die Sicherheitsleute rufen konnte. Sie waren alles, was ich wollte, um seine Aufmerksamkeit zu erregen. Ich hinterließ ihm ein Portfolio und meine Kontaktdaten und ging.

Mein Portfolio würde im Papierkorb landen, wenn er auf dem üblichen Weg erfolgt hätte. Deswegen musste ich ein Risiko eingehen. Ich konnte es nicht glauben, als Adams Assistentin anrief, um das Treffen zu arrangieren. Ich zögerte nicht und stimmte sofort zu.

Ich brauchte dringend das Geld, das ich verdienen würde, wenn ich für ihn arbeiten dürfte. Die meisten meiner Kunden sind Kleinunternehmer, die meine Hilfe benötigten, um ihre Webseiten oder Online-Shops einzurichten. Nachdem ich die Grundeinstellungen für sie vorgenommen hatte, erledigten sie den Rest selbst. Das wäre kein Problem, wenn ich jeden Tag neue Kunden hätte. Das war leider nicht der Fall.

Ich brauchte neue Kunden, die meine Dienste regelmäßig nutzen würden, damit ich ein angemessenes Einkommen aufrechterhalten und meine Rechnungen bezahlen konnte.

Meine Eltern würden mir gerne bei den Rechnungen helfen, aber ich wollte das nicht. Ich wollte es alleine schaffen. Ich war siebenundzwanzig und ich fühlte mich unwohl dabei, sie um Geld zu bitten. Wenn heute Abend alles gut lief, würde ich auf ihre finanzielle Unterstützung verzichten können.

Die Sonne war noch nicht untergegangen, als ich auf den Parkplatz des teuersten Lokals von Seattle einbog.

Sobald ich den gediegenen Innenraum des Restaurants betrat, sog ich den köstlichen Essensduft ein. In einem Fünf-Sterne-Restaurant hatte ich zum letzten Mal vor einem Jahr gegessen. Gourmet-Essen war für mich Geschichte.

Schon an der Tür steuerte eine Kellnerin auf mich zu. „Ms Jones?"

„Ja?"

„Mr Grant erwartet Sie."

Ich folgte der elegant gekleideten Kellnerin durch das Restaurant. Sie führte mich an Adams Tisch. Ich war noch nie hier, aber ich hatte davon gehört. Man musste wochenlang warten, um einen Tisch zu reservieren. Aber ich glaubte nicht, dass Adam warten musste.

Einige Regeln gelten nicht für alle.

Kapitel Zwei

Thalia

Adam Grant saß bereits dort. Als er mich sah, erhob er sich. Seine markanten Gesichtszüge und die Art, wie er seinen Designeranzug ausfüllte, versetzten mich unter Hochspannung. Zum ersten Mal seit Jahren ertappte ich mich dabei, auf den Körper eines Mannes zu achten. Er war groß und eindrucksvoll und ganz unbemerkt hatte mein Körper auf ihn reagiert.

Adams Augen glitten an mir hinab, seine Mundwinkel zuckten nach oben. Ich trug ein schlichtes, aber elegantes Kleid. Adams Gesichtsausdruck zeigte mir, dass ich die richtige Wahl getroffen hatte. Selbstverständlich ging es mir nie darum ihm zu gefallen. Aber ich wollte nicht deplatziert wirken, wenn ich neben ihm saß. Als unsere Augen sich trafen, schoss ein heißer Strahl durch mein Rückgrat.

Er streckte mir zur Begrüßung die Hand hin. „Ms. Jones, Danke, dass Sie sich so kurzfristig mit mir treffen konnten."

Als ich nach seiner Hand griff, überrollte mich eine heiße Welle. Sein durchdringender Blick und sein selbstbewusstes Lächeln ließen mich erschaudern. Der forschende Blick und das ahnungsvolle Lächeln hatten mich in ein verlegenes Schulmädchen verwandelt.

Ich bot ihm ein Lächeln an und zog meine Hand zurück. „Normalerweise treffe ich mich nicht mit Kunden außerhalb ihres Büros, aber …"

Bevor ich meinen Satz beenden konnte, sagte er grinsend: „Für mich haben Sie eine Ausnahme gemacht, das tun alle, aber ich schätze es trotzdem."

Ich wusste nicht, wie ich auf diesen arroganten Kommentar reagieren sollte. Also entschied ich mich, es gleiten zu lassen. Um meine Nervosität zu verbergen, vergrub ich mein Gesicht in die Speisekarte vor mir und dachte mir, dass die Sache nicht wie geplant lief. Adam dominierte den Raum allein durch seine Anwesenheit. Zu meiner Erleichterung kam die Kellnerin und nahm unsere Bestellungen entgegen. Nachdem sie gegangen war, fragte ich ihn: „Also, was halten Sie von meinem Portfolio?"

„Tut mir leid, aber ich hatte noch keine Zeit, es mir anzusehen."

„Wenn Sie mein Portfolio nicht angesehen haben, was ist der Sinn dieses Treffens?", fragte ich verwirrt.

Adam lächelte breit und zeigte seine perfekten Zähne. „Ich habe ein anderes Angebot für Sie und ich denke, es wäre wesentlich profitabler."

Dieses Gespräch lief schief und es gefiel mir nicht. Ich bemühte mich jedoch, locker zu klingen, und fragte: „Was für ein Angebot?"

Bevor er antworten konnte, kam die Kellnerin mit unseren Speisen. Obwohl ich keinen Hunger hatte, versuchte ich, mich mit dem Essen vor mir abzulenken. Ich hoffte, er würde nicht bemerken, wie nervös er mich machte.

Nachdem die Kellnerin gegangen war, aßen wir für einige Zeit schweigend, dann sagte er schließlich: „Es ist ein ungewöhnliches Angebot, eines, das Sie nicht jeden Tag bekommen würden. Ich will Ihre exklusiven Dienstleistungen für ein Jahr und ich werde Ihnen hunderttausend Dollar im Monat zahlen. Außerdem bekommen Sie eine Millionen Dollar in bar, wenn das Jahr zu meiner Zufriedenheit endet."

Ich spürte seinen bohrenden Blick, als er mich musterte. Ich wusste nicht, was er erwartete, doch es war mir ehrlich gesagt egal. Eines war jedoch klar: Dieses Treffen war ein großer Fehler, den ich gleich korrigieren würde.

Ich öffnete meine Geldbörse und nahm meine Kreditkarte heraus, aber er hielt mich auf, bevor ich die Kellnerin rufen konnte.

„Was machen Sie da?", wollte er wissen.

„Ich bezahle für mein Essen. Danke für Ihr Angebot, aber ich bin kein Callgirl, Mr Grant", antwortete ich und suchte die Kellnerin, die unsere Bestellung entgegengenommen hatte.

„Ich fühle mich jetzt beleidigt", sagte er verärgert.

„Dann sind wir quitt", sagte ich kurz und suchte weiter nach der Kellnerin. Aber ich konnte sie nirgendwo finden.

Adam griff nach meiner Hand und hielt sie fest. „Sie haben mich missverstanden; so habe ich das nicht gemeint. Ich habe es nicht nötig für Sex zu bezahlen. Außerdem ist Sex das Letzte, was ich von Ihnen will."

Ich sollte mich erleichtert fühlen, aber mir war plötzlich kalt. Nicht, dass ich mit ihm Sex haben wollte, aber die Tatsache, dass er mich nicht attraktiv fand, verletzte mein Ego. Aber er hatte recht. Ich war noch nie umwerfend sexy gewesen. Das hatte mir doch schon mein Exmann Jeff mit unmissverständlicher Klarheit vorgehalten.

Ich riss mich zusammen und versuchte meine Hand wegzuziehen. Aber er ließ meine Finger nicht los und gab mir keine Gelegenheit zur Flucht.

8

„Was wollen Sie denn dann von mir, Mr Grant?"

Adams grüne Augen hielten meine fest. „Nennen Sie mich Adam und ich biete Ihnen einen Ehevertrag an."

Mein Herz fiel mir vor die Füße. „Wie bitte, was haben Sie gesagt?", fragte ich verwirrt.

„Sie haben mich beim ersten Mal richtig gehört. Ich will Sie heiraten. Wenn Sie ja sagen, werden wir diesen Freitag heiraten."

Ich konnte sehen, wie meine Reaktion ihn amüsierte.

„Tut mir leid, aber ich verstehe nicht", sagte ich verdutzt.

„Sie haben mit Sicherheit von meiner Verlobung gehört. Vielleicht haben Sie auch die skandalösen Fotos von meiner Ex-Verlobten und ihrem neuen Freund gesehen."

Adam schaute mir in die Augen, um sicherzustellen, dass er meine Aufmerksamkeit hatte, dann fuhr er fort: „Sie tut das absichtlich, um mich in Verlegenheit zu bringen. Ich habe eine Pressemitteilung abgehalten und gesagt, dass ich die Verlobung aufgelöst habe, aber das war nicht genug. Ich muss bald heiraten, um meine Probleme aus der Welt zu schaffen. Ich muss den Reportern eine neue Geschichte bieten, wie *ich habe endlich meine ganz große Liebe gefunden, die mich völlig umgehauen hat.*"

„Ich verstehe es immer noch nicht. Sie haben die Verlobung aufgelöst, warum müssen Sie heiraten?", fragte ich noch einmal.

Er atmete tief durch und versuchte, es wieder zu erklären. „Mein Privatleben macht Schlagzeilen. Negative Publicity wirkt sich nicht nur auf mein Image am Markt aus, sondern erschreckt auch Kleinanleger und lässt sie ihre Aktien und Anteile an meinen Unternehmen verkaufen. Ich verliere Geld mit jedem Foto, das meine ehemalige Verlobte veröffentlicht. Also muss ich schnell handeln."

9

„Sie können ein junges Modell oder jemand Prominentes heiraten", schlug ich vor.

„Nein, ich habe schon darüber nachgedacht, aber es würde die Aktionäre noch mehr erschrecken", erklärte er.

Ich nickte bedächtig, dann schüttelte ich den Kopf. „Warum ich?"

„Sie sind eine perfekte Kandidatin. Sie gehören zur oberen Mittelschicht und stammen aus einer angesehenen Familie. Sie werden Stabilität repräsentieren und die Öffentlichkeit wird Sie lieben." Adams Daumen strich über meine Hand, aber ich befand mich noch immer in einem Schockzustand.

„Okay, ich verstehe Ihren Standpunkt. Aber werden Sie dieses Problem nicht wiederhaben, wenn wir uns scheiden lassen?"

Er schüttelte den Kopf und sagte: „Nein, wir werden einen guten Grund für die Scheidung finden, wie die Tatsache, dass ich ein Workaholic bin und mit meiner Firma verheiratet bin. Auf diese Weise gewinne ich das Vertrauen der Aktionäre und Sie die Sympathie der Öffentlichkeit. Es wird auch für Sie gut sein."

Ich schluckte. „Das ist total verrückt."

„Finden Sie wirklich? Ich halte dieses Arrangement für sehr praktisch."

Er wartete darauf, dass ich antworte. Aber als ich es nicht tat, nahm er eine Visitenkarte aus seiner Tasche und gab sie mir. „Ich muss jetzt gehen, aber hier sind die Kontaktdaten meines Publizisten."

Als ich einen verblüfften Ausdruck machte, fügte er hinzu: "Er ist derjenige, der für meine Websites, Logos und all solche Sachen verantwortlich ist. Wenn Sie sich entscheiden, mein Angebot abzulehnen, können Sie ihn mit Ihrem Vorschlag kontaktieren.

Ich bin mir sicher, dass er gerne mit Ihnen zusammenarbeiten würde."

„Bedeutet das, dass ich immer noch für Sie arbeiten kann. Auch wenn ich nein sage?", fragte ich vorsichtig.

„Ja, aber wenn Sie mein Angebot annehmen, werde ich Sie morgen um zehn in meinem Büro erwarten. Allerdings ist dieses Angebot nur bis zehn Uhr dreißig gültig. Ich hoffe, dass Sie die richtige Entscheidung treffen werden."

Er signalisierte der Kellnerin, dass er zahlen wollte. Nachdem er bezahlt hatte, stand er auf und ging einfach.

Kapitel Drei

Thalia

V erwirrt über sein Angebot, saß ich für eine Weile da. Mir
ging so viel durch den Kopf. Alles kam so plötzlich. Ich
sollte es vergessen und seinen Publizisten anrufen. Eine Chance
war alles, was ich mir von diesem Treffen erhofft hatte, und ich
bekam sie. Also warum zum Teufel dachte ich über dieses
verrückte Arrangement nach?

Ich war noch in meinen Gedanken vertieft, als die Kellnerin
kam, um mich zu fragen, ob ich etwas anderes bestellen wollte.
Ich lehnte höflich ab und greifte nach meiner Handtasche, um zu
gehen. Auf dem Weg nach draußen bemerkte ich, dass andere
Gäste mich anstarrten. „Großartig. Ein Treffen mit Adam Grant
und die Leute fangen an, zu reden", murmelte ich leise vor mich
hin und stieg in mein Auto.

Bevor ich den Parkplatz verließ, rief ich meine Mutter an und
fragte sie, ob Timo bei ihr übernachten konnte. Ich wusste, dass
sie ihn gerne dort haben würde, aber trotzdem musste ich fragen.
Nachdem ich das Telefonat mit meiner Mutter beendet hatte,
fuhr ich zu meiner Schwester. Ich brauchte jemanden zum Reden
und mir fiel niemand anderes ein als eine meiner Schwestern.

Meine Schwestern und ich waren beste Freundinnen; wir
konnten uns alles erzählen. Wir standen auch unserer Mutter sehr
nahe, aber ich konnte nicht meiner Mutter von Adams Angebot
erzählen. Ihre Antwort wäre ein großes Nein. Sie glaubte an die

Liebe und an für immer und ewig. Eine Frau zu mieten entsprach nicht ihrer Vorstellung einer Beziehung.

Olivia, meine ältere Schwester, war keine Option. Sie war verheiratet und ich konnte ihren Mann nicht leiden. Also war Tessa, meine jüngere Schwester, die bessere Wahl. Sie war nur zwei Jahre jünger als ich und sie war immer eine gute Zuhörerin. Tessa war eine Frauenärztin. Da sie im Krankenhaus arbeitete, hatte sie oft Nachtschichten.

Auf dem Weg hielt ich noch bei einem Supermarkt an und kaufte einige Lebensmittel und Getränke ein. Denn Tessas Kühlschrank war wahrscheinlich leer. Ich hatte einen Schlüssel zu ihrer Wohnung. Ich ließ mich selber rein, wie ich es immer tat. Bei Tessa klingelte ich nie. Sie war nicht da aber ich beschloss, auf sie zu warten. Ich räumte die Lebensmittel in den Kühlschrank. Ich war fast fertig, als ich hörte wie die Wohnungstür sich öffnete und schloss.

„Tal!", hörte ich sie rufen.

„Hier drin", antwortete ich.

„Hi, was machst du hier?", fragte sie.

„Deinen Kühlschrank aufstocken, was sonst", sagte ich.

„Du bist ein Schatz. In meinem Kühlschrank würde eine Maus verhungern", sagte Tessa und schenkte mir ein schwaches Lächeln. Sie sah erschöpft aus.

„Warum tust du dir das an?", wollte ich wissen.

„Das ist der Preis, den man zahlen muss, um Assistenzärztin zu werden", zuckte sie mit den Schultern.

„Ja, aber du siehst beschissen aus."

„Danke, dass du mich darauf aufmerksam machst. Ich fühle mich auch absolut beschissen. Ich wünschte, ich könnte über

13

dich das Gleiche sagen. Aber du siehst heute echt umwerfend aus. Ein heißes Date?", grinste sie.

„Nein, ein Geschäftstreffen", sagte ich kurz.

Sie sah mich misstrauisch an und fragte: „Geschäftstreffen! Bist du nicht etwas zu schick angezogen?"

„Geh duschen und zieh dir frische Sachen an. Ich mache dir etwas zu Essen, danach reden wir", schlug ich vor.

Sie runzelte die Stirn und sagte: „Du klingst ernst, aber du hast recht. Ich sollte echt zuerst duschen, damit ich mich wieder wie ein Mensch fühle. Wir sehen uns in ein paar Minuten."

„Lass dir Zeit", sagte ich und lächelte sie an.

Ich zog mich schnell um und machte mich an die Arbeit. Ich wollte gerade den Tisch decken, als Tessa frisch geduscht in die Küche kam. Sie trug ihren weißen Bademantel, nahm sich eine Tasse Kaffee und setzte sich mir gegenüber.

Missbilligend sah ich sie an.

„Was ist?", fragte sie.

„Du hast wahrscheinlich nichts gegessen und den ganzen Tag nur Kaffee getrunken. Das ist ungesund. Iss doch zuerst etwas und du solltest deinen Kaffee Konsum reduzieren", sagte ich und stellte ihr einen Teller hin, auf dem ein Club Sandwich mit Roastbeef lag.

„Ich bin nicht schwanger. Ich kann so viel Kaffee trinken, wie ich will", zuckte sie mit den Schultern.

„Es ist zwei Jahre her, Tessa. Du sollst langsam anfangen loszulassen", schaute ich sie mitfühlend an.

Tessa verlor ihren Verlobten bei einem Autounfall vor zwei Jahren. Obwohl sie versuchte, es zu verbergen, trauerte sie immer noch um ihn.

„Ach, um Himmels willen, hör auf, mich zu bemuttern. Jetzt erzähl mir mal, was los ist", wechselte sie das Thema.

Ich ließ es gleiten. „Okay, aber iss zuerst etwas von deinem Abendessen. Ich werde dir alles erzählen, während du isst." Widerwillig schob sie ihre Tasse ein Stück zur Seite und biss in ihr Sandwich. „Jetzt sag schon!", sagte sie mit dem Mund voll halb gekautem Essen.

Ich erzählte ihr Alles: *Meine hoffnungslosen Versuche, einen Termin mit Adam Grant zu vereinbaren, wie ich letzte Woche in sein Büro reinstürmte, das Treffen und schließlich sein verrücktes Angebot.*

Tessa hörte aufmerksam zu; sie unterbrach mich nicht ein einziges Mal. Als ich fertig war, schaute sie mir in die Augen.

„Also, willst du sein Angebot annehmen."

„Das habe ich nicht gesagt", sagte ich schnell.

„Aber du bist bereit dazu darüber nachzudenken. Sonst wärst du jetzt nicht hier", zuckte sie mit den Schultern.

„Nur ein Dummkopf täte es nicht", sagte ich fast zu mir selbst.

„Also, denkst du darüber nach", wiederholte sie.

„Es ist nicht das Geld, obwohl es eine Menge ist. Die Publicity, die Beziehungen, weißt du, was das bedeutet? Es ist der Durchbruch, den ich brauche", sagte ich.

„Du hast wahrscheinlich recht, aber um welchen Preis, Tal?", fragte sie.

„Welchen Preis meinst du? Ich würde mit einem der reichsten und heißesten Junggesellen in den Staaten verheiratet sein. Wenn wir nach einem Jahr getrennte Wege gehen, würde ich mehr als zwei Millionen Dollar auf der Bank haben", sagte ich und versuchte dabei überzeugend zu klingen.

„Die Leute planen ihre Scheidung nicht, bevor sie heiraten, und das weißt du", versuchte sie, mich zur Vernunft zu bringen.

„Jetzt hörst du dich wie Mom an. Außerdem habe ich schon einmal aus Liebe geheiratet und meine Ehe hat auch nicht lange gehalt", sagte ich und versuchte die Erinnerungen an meine erste Ehe abzuschütteln.

„Du warst damals zu jung, es war nicht deine Schuld."

Jeff, mein Exmann war ein Assistenzarzt, den mein Vater ausbildete. Mein Vater mochte ihn und lud ihn oft zu uns ein. Ich konnte damals seinem Charme nicht wiederstehen. Ich verliebte mich in ihn. Er war zehn Jahre älter als ich, aber mich störte der Altersunterschied nicht. Ich mochte die Tatsache, dass er erfahren und reif war. Kurz nach unserer Hochzeit arrangierte Papa eine Stelle für ihn in einem der Londoner Krankenhäuser, ich ließ alles zurück und zog mit ihm dorthin.

Bald darauf wurde mir klar, dass er mich nicht wirklich liebte. Er war nur hinter dem Geld meines Vaters her. Als ich mich weigerte, meine Eltern um Geld zu bitten, fing er an, mir seine hässliche Seite zu zeigen. Er missbrauchte mich zwar nicht körperlich, aber emotional. Obwohl er mit seinen Affären diskret umging, sorgte er dafür, dass ich von jeder einzelnen von ihnen wusste. Nachdem ich schwanger wurde, wurde es nur noch schlimmer. Er wollte das Baby nicht. Er behauptete, dass wir uns kein Baby mit nur einem Einkommen leisten konnten.

Er forderte, dass ich entweder meine Schwangerschaft beendete oder meine Eltern um finanzielle Unterstützung bat. Ich mochte die Optionen, die er mir gab, nicht, also buchte ich ein Ticket zurück in die Staaten. Sechs Monate später ließen wir uns scheiden.

„Ich war zwanzig und nicht sechzehn, ich hätte es besser wissen sollen", sagte ich und versuchte die schmerzhaften Erinnerungen wegzupacken. Tessa antwortete nicht.

Aber ich hielt ihre besorgte Miene kaum aus. Ich schüttelte den Kopf. „Ich bereue es nicht, ich habe meinen Sohn. Ich würde ihn nicht gegen alles Gold der Welt eintauschen."

„Apropos Timo, hast du darüber nachgedacht, wie sich dieses Arrangement auf ihn auswirken würde?", fragte sie.

„Er wird nicht betroffen sein, er wird keinen Unterschied merken. Adam ist ein sehr beschäftigter Mann; er wird die meiste Zeit nicht da sein. Allerdings wäre das keine echte Ehe; es ist nur ein Geschäft. Gefühle haben nichts damit zu tun. Also wird mich Timo nicht mit einem anderen Mann teilen müssen. Er bleibt mein Ein und Alles", erklärte ich.

„Es ist nichts falsch daran, dass Timo dich teilt, solange es mit dem richtigen Mann wäre", lächelte sie mich warm an.

„Gute Kerle gibt es nicht oft", sagte ich kurz.

Tessa ignorierte meine letzte Aussage und fragte: „Bist du sicher, dass dieses Arrangement ungefährlich ist?"

Ich runzelte die Stirn. „Was meinst du damit?"

„Tja, er könnte eine dunkle Seite haben", sagte sie nach einer Weile.

„Meinst du wie in *Fifty Shades of Grey*?", fragte ich amüsiert.

„Ja, und warum grinst du so? Solche Sachen existieren", sagte sie.

„Da bin ich mir nicht sicher. Ich bin mir durchaus im Klaren darüber, dass ich nicht mit Adam intim werde. Diese Ehe wird nur auf dem Papier bestehen. Also, kein Sex, pervers oder nicht", versicherte ich ihr.

„Du hast dich entschieden, du wirst sein Angebot annehmen", stellte Tessa fest und sie hatte recht.

Kapitel Vier

Adam

Mit finsterer Miene betrat ich mein Bürogebäude und marschierte am Pförtnertisch vorbei. Grant Enterprises belegte das gesamte oberste Stockwerk des Gebäudes. Ich ignorierte die Blicke, die mir immer folgten und ging zu den Fahrstühlen.

Als ich mein Büro erreichte, kam mir Avery, meine persönliche Sekretärin entgegen. „Guten Morgen, Mr Grant. Mr Wilson hatte Ihnen einen Vertrag geschickt. Ich hab ihn auf Ihren Schreibtisch gelegt."

„Sonst noch was?"

Avery reichte mir ein paar Notizzettel und wandte sich wieder ihrem Schreibtisch zu.

Bevor ich in mein Büro trat, blätterte ich die Notizzettel schnell durch. Dann sagte ich: „Ich erwarte Ms Jones um zehn Uhr."

Diese Nachricht fand Avery ganz eindeutig sehr interessant. Doch anstatt eine schnippische Bemerkung zu machen, nickte sie bloß.

„Ich sage den Sicherheitsleuten unten im Haus Bescheid."

In meinem Büro blieb ich kurz stehen. Das Fenster hinter meinem Schreibtisch bot eine großartige Aussicht. Aber heute entspannte mich der Blick auf die Großstadt nicht. „Sie wird kommen", murmelte ich vor mich hin.

Ich brauchte dringend eine Frau und ich hatte mich für Thalia entschieden. Sie war eine perfekte Kandidatin. Wie es ihr gelungen war, letzte Woche meine Sicherheitsleute auszutricksen und in mein Büro rein zustürmen, war mir ein Rätsel. Sie hatte Mumm und das gefiel mir. Thalia erregte sofort meine Aufmerksamkeit. Ich hatte gelogen, als ich ihr sagte, dass ich ihr Portfolio nicht angeschaut hatte. Sobald sie mein Büro verließ, sah ich es mir direkt an. Die Frau war echt talentiert. Sie hatte mutige und kreative Ideen. Aber ich wollte sie nicht als Webdesignerin einstellen. Ich brauchte sie als meine Ehefrau.

Ich hatte schon so viele Frauen, alle waren attraktiv und sehr schön. Aber Thalia war anders, sie strahlte unverfälschte Schönheit aus. Als sie gestern Abend mit durchgedrücktem Kreuz direkt auf mich zumarschierte, war sie umwerfend. Sie trug ein schwarzes Etuikleid, dessen Saum ihr knapp über die Knie reichte. Ihre endlos langen Beine waren ein weiterer Blickfang. Die Aussicht war sehr dezent und ließ viel Spielraum für Fantasie. Das Haar trug sie offen, es fiel ihr bis auf die Schultern, umrahmte ihr schmales Gesicht, in welchem ein warmes Lächeln leuchtete. Ihre ausdrucksvollen Augen verbargen mehr, als sie preisgaben. Die Tatsache, dass sie sich ihrer Schönheit nicht bewusst war, machte sie noch schöner.

Sie würde kommen. Da war ich mir sicher. Vielleicht war Thalia anders als meine ehemalige Verlobte. Aber jeder Mensch hatte einen Preis.

Ich hatte einen letzten Blick auf den Ehevertrag geworfen, den mein Anwalt mir geschickt hatte. Ich war zufrieden. Er war großzügig, aber er versicherte, dass sie mich nicht verklagen konnte. Ich habe Vertrauensprobleme. Eine Frau, der ich mich anvertrauen würde, gab es nicht.

Es war zehn Uhr zwanzig und Thalia war immer noch nicht da. Ich hatte nicht geblufft, als ich sagte, dass das Angebot nicht über zehn Uhr dreißig hinausgehen wurde. Ich war ein sehr beschäftigter und sehr ungeduldiger Mann; ich mochte es nicht, wenn man mich warten ließ. Für den Fall, dass Thalia mein Angebot ablehnte, hatte ich mir ein Plan B zurechtgelegt.

Trotzdem war ich enttäuscht. Widerwillig sah ich mir die Liste der anderen Kandidatinnen an. Ich überlegte, wen ich anrufen könnte, als ich Averys Stimme durch die Sprechanlage hörte: „Ms. Jones für Sie, Sir."

„Lassen Sie sie rein und stellen Sie keine Anrufe durch", sagte ich und konnte ein triumphierendes Lächeln nicht unterdrücken. Sie war hier. Ich hatte gewonnen.

Bevor ich die Tür erreichen konnte, betrat sie mein Büro. Sie trug eine schwarze Jeans und einen grauen oversized Pullover. Das Haar hatte sie sich zu einem schlichten Knoten aufgesteckt. Sie wirkte lässig und sexy zugleich.

Statt mich zu begrüßen, sagte sie: „Das war nicht gerade höflich. Hat dir deine Mutter nicht beigebracht, bitte und danke zu sagen?"

Einen Moment lang war ich sprachlos. Niemand sprach mit mir, wie sie es tat. Ich zuckte die Achseln. „Meine Mutter hatte ganz andere Dinge im Kopf, als mir Manieren beizubringen."

Offensichtlich wusste Thalia nicht, dass ich seit Jahren keine Beziehung zu meiner Mutter hatte.

Ich streckte meine Hand aus, um ihre zu schütteln. Thalia nahm meine Hand nicht. Sie grinste mich freundlich an und gab mir einen kurzen Kuss auf die Wange. Ihre freundliche Geste überraschte mich. Völlig unerwartet überkam mich die allergrößte Lust sie richtig zu küssen. Der Gedanke schoss mir vom Kopf direkt zwischen die Beine. Nur mit Mühe riss ich die Augen von ihren Lippen los. Unsere Blicke trafen sich, aber Thalia schaute verlegen zur Seite.

Um die Stimmung wieder zu lockern, deutete ich auf einen Stuhl. Erleichtert, dass mein ausladender Schreibtisch zwischen uns stand, setzte ich mich ihr gegenüber.

„Tut mir leid, dass ich mich verspätet habe. Ich wollte pünktlich sein, aber die Straßen waren belebt. Bitte, denk bloß nicht, dass ich irgendwelche weiblichen Spielchen mit dir spiele", sagte sie.

Wieder gelang es ihr, mich zu überraschen; ich hatte diese Art von Ehrlichkeit nicht erwartet.

„Es ist okay, du bist immer noch pünktlich", sagte ich und nahm zwei Hefter vom Schreibtisch und schob sie ihr hin. Dann fügte ich hinzu. „Wir haben ein paar Punkte zu besprechen. Ich habe hier alles aufgelistet."

Sie warf einen Blick auf die Unterlagen. „Ich habe auch ein paar Punkte, die ich mit dir besprechen möchte. Aber wir können zuerst deine Liste durchgehen."

Thalia schob den Vertrag zur Seite und wandte sich dem anderen Hefter zu. Ab und zu hob sie eine Braue und fixierte mich. Als sie fertig war, legte sie die Unterlagen auf den Schreibtisch und schaute mich an. „Erstens, ich brauche keinen personal Shopper. Ich habe eine gut sortierte Garderobe."

Bevor ich widersprechen konnte, wandte sie sich der Nummer zwei zu. „Was ist das Problem mit meinem Auto?"

„Du kannst nicht mit mir verheiratet sein und ein fünfzehn Jahre altes Auto fahren", sagte ich ungeduldig.

„Woher weißt du das? Nein, beantworte das nicht. Es ist dumm zu fragen. Du hast wahrscheinlich eine Akte über mich."

„Du hast recht; ich weiß alles über dich", bestätigte ich.

„Ich werde mir ein neues Auto kaufen. Aber kein teures."

„Ein brandneues Auto wird heute Nachmittag zu dir nach Hause geliefert, betrachte es als Hochzeitsgeschenk."

22

Thalia ließ die Hand auf den Schreibtisch sinken. „Danke, aber das kann ich nicht annehmen."

„Nimm das Auto, Thalia. Ich würde meine Frau nie kurzhalten und ich will nicht, dass die Leute das denken."

Sie hob die Augenbrauen. „Es geht also um dein Image. Keine Sorge ich werde dein Image schon nicht beschädigen."

„Doch, das wirst du, wenn du ein altes Auto fährst und deine Sachen bei irgendwelchen Discountern holst. Meine ehemaligen Freundinnen haben ihre Kleider in Designerläden gekauft."

„Ich hoffe du weißt, wie snobistisch sich das anhört."

Ich zuckte mit den Achseln. „Das ist mir doch egal."

Thalia spannte das Kinn an und machte sich auf Widerspruch gefasst.

„Bin ich unter deinem Niveau?"

„Das habe ich nicht gesagt."

„Doch hast du."

„Bitte, nimm das Auto an, Thalia", sagte ich seufzend.

„Okay. Aber ich betrachte es als Leihgabe."

„Gut." *Eins zu null für mich.* Wann hatte ich mich zum letzten Mal mit einer Frau gestritten, weil sie sich weigerte, ein treues Geschenk anzunehmen?

„Nummer drei ist ein Deal Breaker", sagte sie.

Ich sah sie verwirrt an und runzelte die Stirn. „Was ist bitte falsch daran, wenn ich ein qualifiziertes Kindermädchen für deinen Sohn einstelle? Das wird dir mehr Flexibilität geben."

Thalia sprach leise, aber ihr Ton war entschlossen. „Ich bin eine Vollzeit Mutter und ich habe nicht vor, das zu ändern. Wenn du ein Problem damit hast, dann kannst du dir jemand anderen suchen."

Au Backe. Ich spazierte durch ein Minenfeld. „Damit kann ich leben", sagte ich und fuhr sofort fort: „Das nächste Thema wäre dein Exmann."

23

Thalia hob eine Augenbraue hoch. „Was ist mit ihm?"

„Nun, kann er irgendwelche Probleme verursachen? Ich muss es wissen, damit ich mich entsprechend vorbereiten kann."

„Nein, er wird uns keine Probleme bereiten", versicherte sie mir.

„Wie kannst du dir da so sicher sein?"

Thalia schloss die Augen und atmete tief durch. „Um es kurz zu machen: er hat mich wegen des Geldes geheiratet. Nach der Scheidung habe ich mein Treuhandkonto aufgelöst und ihm das Geld gegeben. Im Gegenzug dafür hat er alle seine väterlichen Rechte aufgegeben. Timo hat meinen Geburtsnamen. Wir haben keine Beziehung mehr zu Timos Vater. Er ist für immer aus dem Bild."

Ich schüttelte verwundert den Kopf.

„Und du hast ihm alles ohne Kampf gegeben? Einfach so?"

„Ich habe einfach nur eine Sache geopfert, die mir nicht so wichtig war für das was mir am wichtigsten ist. Mein Sohn", sagte sie.

Ich schaute sie aufmerksam an, beobachtete, wie ihre Gefühle sich in ihren Zügen abzeichneten, wie ihre Stimme sich senkte, wenn sie von sich sprach.

Nach ein paar Sekunden seufzte sie. „Gut, der nächste Punkt wäre die Hochzeitsfeier diesen Freitag. Es wäre für meine Mutter unmöglich, in vier Tagen eine Hochzeit zu planen."

„Das dürfte kein Problem sein. Ich habe kompetente PR-Leute, sie werden sich um alles kümmern", versicherte ich ihr.

„Gut, dann überlasse ich das dir und deinen PR-Leuten. Da die Hochzeit im Haus meiner Eltern stattfinden wird, müssen sie meine Mutter kontaktieren. Allerdings müssen sie bis morgen warten."

„Nun zum letzten Punkt. Die Verträge zu unterzeichnen."

Bevor ich meinen Satz beenden konnte, zog sie die Verträge zu sich, schnappte sich meinen Füllhalter und setzte ihren Namen unter die Dokumente.

„Wie kannst du etwas unterschreiben, ohne es vorher sorgfältig gelesen zu haben?"

Thalia zuckte mit den Schultern. „Ich vertraue dir."

Ich schüttelte den Kopf und glaubte immer noch nicht, was sie gerade getan hatte. „Du bist eine Geschäftsfrau. Du solltest niemandem vertrauen."

Ihre blauen Augen hielten meine fest. „Ein Ehevertrag ist doch ein bisschen mehr als ein Geschäft. Ich weiß, dass wir nur eine Scheinehe führen werden. Aber ein gewisses Maß an Vertrauen ist schon notwendig."

Ich lehnte mich zurück und schaute sie nachdenklich an. „Wahrscheinlich hast du recht."

Sie lächelte mich an. „Na, dann haben wir alles besprochen. Jetzt bin ich dran."

Ich neigte den Kopf. „Okay, schieß los."

„Es sind nur zwei Dinge. Erstens will ich immer noch für dich arbeiten. Wenn dir meine Arbeit gefällt, werden deine Unternehmen meine Dienste auch nach der Scheidung weiter nutzen", sagte sie.

„Das ist machbar. Was ist die zweite Sache?"

Thalia zögerte. Für einen Moment dachte ich, sie würde mich um mehr Geld bitten. Dann sagte sie schließlich: „Dieses Arrangement ... unsere Ehe besteht nur auf dem Papier. Wirst du ... wirst du Affären haben? Ich meine, zwölf Monate könnten eine lange Zeit sein und du ..."

Ich schaute sie belustigt an. „Und was du versuchst zu sagen ist, dass ich vielleicht Sex haben will."

Sie antwortete nicht, sie nickte nur.

25

„Keine Sorge, ich werde meine Affären sehr diskret behandeln", versicherte ich ihr.

Thalia zuckte die Schultern. „Gut, ich kann auch sehr diskret sein."

Mein Lächeln fiel in sich zusammen. „Triffst du dich mit jemandem?"

„Nein, aber ich bin eine gleichberechtigte Partnerin in dieser Beziehung und ich erwarte, dass ich die gleichen Rechte habe", erklärte Thalia.

Mir blieb nichts anderes übrig, als ihr recht zu geben. „Alles klar, du hast dein Punkt gemacht. Keine Affären. Das gilt für uns beiden", sagte ich schließlich.

„Dann ist alles geklärt. Ich überlasse dich jetzt wieder deiner Arbeit."

Sie stand auf und machte einen Schritt Richtung Tür.

Bevor sie die Tür erreichte, hielt ich sie an, indem ich sagte: „Kauf dir was Schönes zum Anziehen. Du bist jetzt um zweihunderttausend Dollar reicher."

Thalia schüttelte den Kopf. „Danke, aber bei Walmart brauche ich nicht zu viel Geld."

Als ich sie mit offenem Mund anstarrte, sackten ihre Schultern nach unten und sie fing an zu lachen. „Das war ein Scherz, Adam. Entspann dich."

Mit einem breiten Grinsen verließ sie mein Büro.

Kapitel Fünf

Thalia

N achdem ich Adams Bürogebäude verlassen hatte, fuhr ich direkt zu meinem Elternhaus. Ich musste mit meiner Mutter sprechen. Ich wollte sie nicht anlügen, aber ich würde ihr auch nicht die ganze Wahrheit sagen. Sie brauchte nicht zu wissen, dass es nur eine Ehe auf Zeit war. Allerdings war meine Mutter gar nicht erfreut.

„Warum schaust du mich so entsetzt an? Du warst gestern so aufgeregt, dass ich mich mit Adam treffe", sagte ich seufzend.

„Ich dachte, du könntest ihn daten. Ich habe gehofft, dass du dein Leben wieder auf die Reihe kriegst und vielleicht die Liebe deines Lebens findest. Aber heiraten statt daten? Das ist nicht vernünftig."

„Du bist eine hoffnungslose Romantikerin, Mom."

„Man soll aus Liebe heiraten und nicht aus rein rationalen Überlegungen, Thalia."

Dass ich einmal auf diese Weise heiraten würde, hätte ich auch nie für möglich gehalten. Früher hatte ich geglaubt, Liebe und tiefe Verbundenheit wären Voraussetzungen für den Bund der Ehe. Inzwischen wusste ich es besser.

Ich schüttelte den Kopf. „Ich habe Jeff geliebt. Das dachte ich zumindest. Liebe ist nicht der einzige Grund eine Partnerschaft einzugehen. Manchmal sind rationale Überlegungen wichtiger als Liebe."

Sie gab mir einen durchdringenden Blick. „Hast du dir überlegt, wie du das deinem Vater beibringen möchtest?"

„Dafür brauche ich dich. Wenn jemand ihm die Sache schonend beibringen kann, dann du."

„Er wird das nicht gut finden. Dein Vater will nicht, dass du wieder verletzt wirst", sagte meine Mutter seufzend.

Unsere Blicke trafen sich. Keine von uns sprach aus, was wir beide wussten. Mein Vater hatte meinen Exmann gemocht. Das konnte er sich nicht verzeihen.

„Dieses Mal mache ich mir keine falschen Hoffnungen. Ich weiß wenigstens, dass diese Ehe nur ein Mittel zum Zweck ist. Das beruhigt mich. Ich werde nicht noch einmal verletzt werden. Vertrau mir. " Als ich die Worte laut aussprach, wurde mir klar, wie zutreffend sie waren. Sowohl an guten als auch an schlechten Tagen – bei Adam wusste ich, woran ich war.

„Habe ich denn eine andere Wahl?"

Ich holte meine Handtasche und küsste meine Mutter auf die Wange. „Ich liebe dich, Mom."

Sie legte mir die Hand auf den Arm. „Ich dich auch, Schatz. Pass gut auf dich auf."

„Das tue ich."

***

Ich hatte extra gewartet, bis Timo mit seinen Hausaufgaben fertig war und sein Abendbrot aß. Dann erzählte ich ihm die Neuigkeiten.

Zu meiner Überraschung bombardierte er mich nicht mit Fragen. Er nickte bloß und wechselte das Thema. Ich wusste nicht, ob ich erleichtert oder besorgt sein sollte. Mein Sohn war ein sehr offenes und fröhliches Kind. Ich wollte, dass es für immer so bleibt.

Am nächsten Morgen fing ich an mir Sorgen zu machen. Timo verhielt sich seltsam. Beim Frühstück saß er schweigend am Tisch und aß mit einer gewissen Lustlosigkeit.

Nachdem ich ihn zur Schule gebracht hatte, rief ich Liv an.

„Können wir die Shoppingtour auf morgen verschieben?", fragte ich nach ein paar Höflichkeitsfloskeln.

„Deine Hochzeit ist in drei Tagen. Du hast immer noch kein Brautkleid gekauft."

„Ich brauche sowieso kein Brautkleid. Bestimmt werden wir morgen schnell etwas Passendes finden."

„Hast du es dir etwa anders überlegt?"

Ich rollte mit den Augen. „Nein, Liv. Das habe ich nicht gesagt."

„Was ist denn?", fragte sie.

„Nichts. Ich …ich weiß nicht. Es ist Timo. Ich habe ihn noch nie so bedrückt erlebt. Ich möchte heute den ganzen Tag mit ihm verbringen."

„Ja, mach das. Es wird euch beiden guttun."

„Kannst du Tessa Bescheid sagen?"

„Mache ich. Keine Sorge."

„Gut. Danke."

***

Ein Kinobesuch, zwei Cheeseburger, eine große Portion Pommes und dazu noch eine Runde Minigolf hatten die gewünschte Wirkung gehabt. Timo kehrte mit einem breiten Lächeln nach Hause zurück. „Es war sehr lustig! Es hat total Spaß gemacht. Danke, Mom."

29

„Es hat mir auch viel Spaß gemacht. Das sollten wir öfter machen."

„Echt?", fragte er und seine Augen funkelten begeistert.

„Aber klar, Schatz. Jetzt geh und mach dich fertig fürs Bett."

„Kann ich in deinem Bett schlafen?"

„Na klar. Zieh dich vorher noch um. Ich komme gleich zu dir."

Eine halbe Stunde später legte ich mich neben ihn und lehnte meinen Kopf gegen die Wand, während Timo sich an meinen Arm schmiegte und zu mir aufblickte.

Als ich ihm sein Lieblingsbuch vorlesen wollte, schüttelte er den Kopf und schaute mich an. Auf einmal sagte er mir aus dem nichts. „Du weißt doch, dass Josh nicht mehr bei seiner Mutter schlafen darf."

Josh war sein bester Freund. Joshs Mutter war geschieden, aber sie hatte letztes Jahr wieder geheiratet.

„Ähm, ich denke, Josh ist alt genug, um in seinem eigenen Bett zu schlafen", sagte ich zögernd. Ich hatte keine genaue Ahnung davon, wohin dieses Gespräch führen würde.

„Aber Josh sagte, dass er nicht bei seiner Mutter schlafen darf, weil sein Stiefvater in ihrem Bett schläft."

Armer Josh, dachte ich mir. „Es ist nicht so, wie er denkt, Schatz. Ich bin mir sicher, dass Josh ein schönes Zimmer hat, in dem er schlafen kann. Ich wette, dass sein Zimmer direkt neben dem Schlafzimmer seiner Mutter liegt", versicherte ich ihm.

Ich kannte Joshs Mutter, sie war eine nette Frau und eine fürsorgliche Mutter. Ich glaubte nicht, dass sie ihren Sohn vernachlässigen würde.

„Aber als er durch das Schlüsselloch sah, sah er …", er flüsterte mir ins Ohr, was sein Freund durch das Schlüsselloch sah.

Für einen Moment war ich sprachlos. Bevor ich etwas sagen konnte, fügte er hinzu: „Als er unserer Klassenlehrerin davon erzählte, sagte sie, dass es falsch war, und er soll so etwas nie wieder tun."

„Deine Lehrerin hat recht; Josh hätte das nicht tun sollen. Das war nicht nett. Außerdem sollte er es nicht jedem erzählen."

Ich öffnete das Buch, aber bevor ich lesen konnte, fragte er mich: „Wird Adam in deinem Bett schlafen?"

„Nein", antwortete ich schnell.

„Werde ich immer noch in deinem Bett schlafen können?"

„Natürlich wirst du bei mir schlafen können", sagte ich und gab ihm einen schmatzenden Kuss auf die Wange.

„Wirst du immer noch alleine schlafen?", sagte er, und ich nickte.

„Wieso?", fragte er.

„Ähm … ich verrate dir ein Geheimnis, aber sag es niemandem!", ich sah ihn an und lächelte.

Er nickte. „Okay."

„Ich weiß, dass Adam nachts recht laut schnarcht. Also werde ich in einem separaten Zimmer schlafen", sagte ich.

Er grinste und fragte: „Muss ich auf der Hochzeit einen Anzug tragen?"

„Ich fürchte ja", bestätigte ich.

Timo schwieg einen Moment und dann seufzte er. „Meinetwegen, wenn es sein muss."

Es schien, dass der Anzug kein echtes Problem war. Endlich öffnete er das Buch, damit ich es ihm vorlesen konnte.

Nachdem er eingeschlafen war, blieb ich noch eine Weile wach und hoffte, dass ich die richtige Entscheidung für uns beide getroffen hatte.

Kapitel Sechs

Thalia

Am Mittwoch traf ich mich mit meinen Schwestern. Sie sollten mir bei der Auswahl meines Kleides helfen. Das war einfach; denn ich wollte kein Brautkleid tragen. Ich wollte etwas Schlichtes und gleichzeitig Elegantes. Ich hatte eine genaue Vorstellung davon, wie es aussehen sollte.

Als ich ein cremefarbenes Cocktailkleid sah, wusste ich, dass es das Richtige war. Es war ein ärmelloses Kleid aus Spitze mit V-Ausschnitt vorn. Es betonte meine Kurven und endet knapp über dem Knie.

Das Kleid gefiel meinen Schwestern ganz besonders gut, also kaufte ich es sofort und ging ohne Umweg zur Schuhabteilung, wo ich ein Paar zierliche creme Pumps mit hohem Absatz kaufte.

Nach vier Stunden Shopping war ich mit meinen Einkäufen sehr zufrieden. Ich hatte auch für Timo ein komplettes Outfit gekauft.

„Mission erfüllt", sagte ich und wollte den Laden verlassen.

„Warte! Du musst noch sexy Unterwäsche kaufen", sagte meine ältere Schwester Olivia und wollte mich aufhalten.

„Niemand wird meine Unterwäsche sehen. Ich habe schon viel Geld ausgegeben. Lasst uns essen gehen. Ich bin am verhungern", erklärte ich und verließ den Laden, bevor sie widersprechen konnte.

Als ich die Einkaufstaschen in dem Wagen verstaut hatte, ging Tessa um den nagelneuen Aston Martin herum. „Wow, hast du einen neuen Wagen gekauft?"

„Nein, der gehört Adam", sagte ich.

„Ein teures Geschenk", grinste Liv.

„Es ist eine Leihgabe. Ich fahre es während der Vertragslaufzeit."

Tessa hob die Augenbrauen.

„Angeblich würde ich sein Image beschädigen, wenn ich mein altes Auto fahre", fügte ich hinzu. Liv und Tessa schauten mich unüberzeugt an, aber sagten nichts.

Tessa empfahl uns ein italienisches Restaurant, in dem sie schon einmal gegessen hatte. Es war schön und gemütlich. Wir setzten uns an einen hinteren Tisch am Fenster. Nachdem ein Kellner unsere Bestellung entgegengenommen hatte, sagte Olivia wieder: „Du hättest neue Unterwäsche kaufen sollen."

„Wozu? Adam wird meine Unterwäsche nicht zu sehen bekommen." Ich sprach so leise, dass mich niemand sonst hören konnte.

„Das bezweifle ich", sagte sie.

„Wir heiraten, aber intim zu werden, ist nicht Teil des Plans", erklärte ich ihr.

„Ihr könnt die Spielregeln jederzeit ändern", schlug sie vor.

„Das kommt nicht infrage." Ich sprach aus, was die Stimme der Vernunft mir einflüsterte.

„Warum nicht? Er ist sehr attraktiv, verfügbar und du steckst die nächsten zwölf Monate in dieser Ehe fest."

Adam war unverschämt attraktiv, da musste ich Liv recht geben. Er war um die eins neunzig, wenn nicht größer. Er hatte ein markantes Gesicht und dichtes, braunes Haar. Ich spürte, wie ich errötete, als ich an ihn dachte.

Tessa wollte etwas sagen, aber der Kellner brachte gerade den Salat. Sie biss sich auf die Lippen und wartete, bis er gegangen war.

„Unverbindlicher heißer Sex würde dir guttun", sagte Tessa amüsiert.

„Für unverbindlichen Sex bin ich nicht zu haben."

„Hast du's mal versucht? Wann war das letzte Mal, dass du Sex hast?", fragte Tessa.

Ich starrte sie empört an. "Was willst du mir sagen, Tessa? Dass ich mit Adam schlafen soll, um meinen Notstand zu beheben?"

Tessa zuckte die Achseln und nickte.

„Außerdem für so was habe ich keine Zeit. Ich muss mich schließlich um meinen Sohn kümmern."

Liv tätschelte mir aufmunternd den Arm. „Meine Güte, Tal, dieser Teil deines Lebens ist noch lange nicht vorbei."

Ich schwieg für eine Weile und suchte nach den richtigen Worten. Ich war eine erwachsene Frau. Warum fiel es mir so schwer, über Sex zu reden? „Wie kann man mit jemandem schlafen, den man nicht liebt?"

Tessa schürzte amüsiert die Lippen. „Man nennt es gegenseitige Anziehung."

„Man nennt es Lust", sagte ich lachend.

„Du hast es fertig gekriegt, mit einem riesigen Arschloch zu schlafen." Tessa war nie zu verlegen um klare Worte auszusprechen.

„Jeff war mein Ehemann und ich habe ihn geliebt", verteidigte ich mich.

„Ich verlange nicht, dass du deinen Kopf abschaltest. Aber hab keine Angst, dir mal eine prickelnde Abwechslung zu gönnen. Du findest ihn attraktiv. Verheiratet werdet ihr auch sein und das Ende eurer Beziehung steht bereits fest. Das könnten genau die richtigen Voraussetzungen sein, um dich sexuell ein bisschen auszuprobieren. Mir scheint, Jeff war dir dabei keine echte Hilfe."

„Ihr zwei versteht die Situation nicht. Romantik spielt in diese Vereinbarung überhaupt keine Rolle. Sie ist rein geschäftlich. Vertraut mir. Adam ist sehr beschäftigt. Wir werden uns nicht so oft sehen. Ich werde ihn nie richtig kennenlernen. Am Ende unserer Ehe könnte ich jedoch die beste Freundin seiner Assistentin sein. Außerdem ist er nicht interessiert", sagte ich.

In den letzten vier Tagen sprach ich nur einmal mit Adam. Er rief an und erkundigte sich nach meiner Ringgröße. Allerdings traf ich mich mit seiner Assistentin zweimal und sprach mehrmals mit ihr am Telefon. Sie half mir, meine Sachen in sein Haus zu bringen.

Obwohl ich die Hilfe seiner Assistentin zu schätzen wusste, gab mir die ganze Sache eine Vorstellung davon, wie mein Leben in den nächsten zwölf Monaten aussehen würde.

Tessa riss mich aus meinen Gedanken. „Du wirst ihn auf seinen Geschäftsreisen begleiten. Ihr werdet alleine Zeit miteinander verbringen. Keine Sorge, er wird interessiert sein."

„Ich bin nicht besorgt, ich versuche nur, dir zu sagen, dass wir uns an die Regeln halten werden", sagte ich und hoffte, dass sie das Thema endlich fallen lassen würden. Bevor Olivia etwas sagen konnte, brachte der Kellner unser Essen.

Das Essen war ausgezeichnet und sie waren beide abgelenkt und ließen mich für den Rest unserer Mahlzeit in Ruhe.

Auf der Heimfahrt dachte ich über das Gespräch mit meinen Schwestern nach. Ich war aber entschlossen, den gleichen Fehler nicht zweimal zu machen. Ich würde mich nicht auf Adam Grant einlassen.

Kapitel Sieben

Adam

Ich hatte es geschafft. Drei Wochen nach Auftauchen meines vermeintlich unlösbaren Problems war ich verheiratet. Mit Thalia an meiner Seite verließ ich das Kirchengebäude. Nach der Zeremonie in der Kirche gab es eine kleine Party in Thalias Elternhaus. Damit unsere Eheschließung sich herumsprechen würde, hatte ich ein paar Geschäftsfreunde und ein paar ausgewählte Medienvertreter eingeladen. Mit Ausnahme von meinem Vater und Thalias Familie dachten alle hier, dass wir aus Liebe und für immer und ewig geheiratet hätten. Nach dem Anschneiden der Torte klopfte jemand gegen ein Glas. Die Aufmerksamkeit der Gäste wandte sich uns zu.

Ohne zu zögern, setzte ich meinen Sektkelch ab und griff nach meiner Braut. Ich nahm Thalia ebenfalls den Sektkelch aus der Hand und schaute ihr tief in die Augen, ehe ich meine Lippen auf ihre senkte.

Anders als der Kuss in der Kirche war dieser viel weicher. Thalias Lippen öffneten sich leicht und luden mich ein. Und bei allen guten Mächten, ich wollte der Einladung zu gerne folgen.

Thalia stöhnte, als meine Lippen sich von ihrem Mund lösten. Eigentlich hatte alles nur Show sein sollen, aber der Kuss hatte mich durcheinandergebracht. Die Regeln waren einfach, keinen Sex. Allerdings hielt mein Körper sich nicht an die Regeln. Als das Hochzeitslied begann, forderte ich meine Braut zum Tanzen auf. Thalia ließ mich ihre Hand nehmen und legte die andere auf meine Schulter. Am liebsten hätte ich sie fest an mich gezogen, aber ich beherrschte mich.

„Du bist ein guter Tänzer", sagte sie nach ein paar Schritten.

„Frauen tanzen gerne. Ich musste es schnell lernen."

Thalia lächelte. „Und du hast unzählig viele Frauen, um deine Tanzkunst zu üben."

Ich kniff die Augen zusammen. „Glaub nicht alles, was du liest. Die Klatschblätter übertreiben."

„Du bist sehr sexy. Vermutlich hast du zwischen L.A. und New York jede Menge Herzen gebrochen."

Ich lenkte sie mit ein paar Tanzfiguren ab, wirbelte sie herum und zog sie wieder zu mir. Die Tanzpaare ließen uns etwas mehr Raum. Ich fing einen Blick von Thalias Eltern auf. „Ich mag deine Familie. Dein Vater hat mir übrigens üble Konsequenzen angedroht, falls ich dir irgendwie schade."

Thalia lächelte. „Eigentlich müsste ich mich entschuldigen, aber das war sehr lieb von ihm."

Ich zog sie ein wenig fester an mich. „Ich werde dich nicht verletzen."

„Das kannst du auch nicht. Ich habe nicht vor, mich in dich zu verlieben", sagte sie und schenkte mir ein kokettes Lächeln.

Nach zwei weiteren Liedern verließen wir die Tanzfläche.

Für die nächsten eineinhalb Stunden war Thalia an meiner Seite. Sie ließ sich von mir allen möglichen Leuten vorstellen. Es gab Angestellte, Geschäftsverbindungen, Politiker und ein paar Presseleute. Fast alle Gäste musterten sie neugierig.

„Ich sollte nach Timo sehen. Ich bin gleich wieder da“, flüsterte sie mir ins Ohr.

„In Ordnung.“ Eine kleine Pause kam mir gerade gelegen. Ich musste dringend meine Gedanken sortieren.

Ich suchte einen entfernten Tisch am Ende des Gartens und setzte mich dort hin.

Mein Beschluss, Thalia zu heiraten, war impulsiv, aber es war die richtige Entscheidung. Ich musste einen Weg finden, um den Schaden zu stoppen, den die Fotos und Nachrichten meiner Exverlobten mir zugefügt hatten.

Der beste Weg war es, einen sauberen Schnitt zu machen. Ich hatte jedem klargemacht, dass sie ersetzbar war. Ihre Handlungen werden mich nicht mehr blamieren oder meinem Image schaden.

Aber jedes Mal, wenn ich Thalia sah, brachte sie mich noch mehr durcheinander. Sie war anders als all die anderen Frauen, die ich vorher kannte. Ich wurde aus ihr nicht schlau. In den letzten Tagen wollte ich auf Distanz bleiben.

Ich war nicht sehr beschäftigt. Dennoch wusste ich nicht, wie ich mit ihr umgehen sollte. Als sie sich weigerte, ein Kindermädchen für ihren Sohn einzustellen, war ich beunruhigt. Ich dachte, sie wusste von meinem Verhältnis zu meiner Mutter und tat so, als wäre sie eine hingebungsvolle Mutter. Also hielt ich Abstand.

Das würde aber nicht mehr funktionieren. Thalia war jetzt meine Frau und wir würden zusammenwohnen. Ich hatte sie den ganzen Abend beobachtet; sie war eine liebevolle Mutter, daran bestand kein Zweifel. Ich konnte es an der Art und Weise erkennen, wie sie ihren Sohn ansah und anlächelte. Jedes Mal, wenn sie mit ihm sprach, stand ihr die Liebe ins Gesicht geschrieben.

Sie hatte eine liebevolle Familie. Offenbar mochten sie einander sehr.

Warum ich jede ihre Bewegungen mit so viel Interesse verfolgte, war mir ein Rätsel.

Verdammt, ich war scharf auf meine Ehefrau und das war nicht gut. Wir hatten eine reine Zweckehe geschlossen. Eigentlich musste ich auf Distanz bleiben. Meine Gefühle im Zaum halten. Aber das konnte ich nicht. Ich wollte unsere Bedingungen neu verhandeln, diese -keinen Sex- Regel, würde auf keinen Fall funktionieren. Das wurde mir klar, als ich sie vorhin geküsst hatte. Ich wollte mehr. Ich hatte keine Zweifel daran.

Das konnte böse enden. Frauen verwechselten oft Sex mit Liebe. Ich wollte sie in meinem Bett, aber ich war nicht bereit für etwas Festes.

Eine Stimme riss mich aus meinen Gedanken. „Warum sitzt der Bräutigam hier ganz allein?"

„Hi, Dad. Ich mache nur eine Pause", sagte ich.

„Die Bräutigams machen keine Pause, Sohn. Hast du jetzt schon kalte Füße?", grinste er.

„Warum sollte ich kalte Füße haben? Das hier ist reine Akquise, mehr nicht", erinnerte ich ihn.

„Ich weiß nicht, was ich erwartet habe", raunte mein Vater. „Aber ganz bestimmt nicht sie."

„Sie ist anders", sagte ich beiläufig.

„Sie ist sehr schön. Ich habe gesehen, wie du sie eben geküsst hast."

„Dad, der Kuss war für das Publikum bestimmt. Alles war nur Show", sagte ich.

Er schüttelte den Kopf. „Ich bin nicht von gestern, Sohn. Du hast sie betrachtet mit reichlich Hitze in den Augen."

Ich fuhr mir durchs Haar. „Ich finde sie ziemlich anziehend. Ich bin kein Heiliger."

„Sie gefällt mir. Sie hat Klasse."

„Du kennst sie doch nicht einmal, Dad."

„Ich habe deine Ex-Verlobte nie gemocht. Sie war kaltherzig und berechnend. Thalia ist anders. Wenn du es ihr erlaubst, würde sie dich glücklich machen", sagte er.

Als ich schwieg, fügte mein Vater hinzu: „Du bist ein kluger Mann; du wirst wissen, was du zu tun hast."

„Was meinst du damit?"

„Vergiss diese lächerliche Vereinbarung! Gib deiner Ehe eine Chance! Willst du für immer allein bleiben?", sagte er seufzend.

„Was ist falsch daran? Du hast nicht nochmal geheiratet, nachdem Mama uns verlassen hat", konterte ich.

„Das mag richtig sein, aber ich hatte dich. Was hast du außer deinem Geld? Du bist vierunddreißig. Worauf wartest du, um eine Familie zu gründen und eigene Kinder zu bekommen?", fragte er und schenkte mir ein ermutigendes Lächeln.

Als ich nicht reagierte, klopfte er mir auf die Schulter und ging.

Die Worte meines Vaters verwirrten mich ungemein. Aber er lag falsch.

Vielleicht war Thalia anders als meine Ex-Verlobte, aber immerhin hatte sie mich gegen Geld geheiratet. Ich musste alles in meinem Leben fest im Griff haben. Einschließlich meiner Ehe. In meinem Umfeld gab es durchaus ähnliche Ehen.

Allerdings war es sicher keine schlechte Idee, ein Baby zu bekommen.

Ein Blick auf die Uhr sagte mir, dass ich hier fast eine halbe Stunde lang gesessen hatte. Also stand ich auf und ging zur Party zurück.

Etwa auf halbem Weg hörte ich eine Stimme rufen: „Adam!"
„Timo, was machst du hier?! Solltest du um diese Zeit nicht längst im Bett sein?", fragte ich.

„Ich wollte dir nur Gute Nacht sagen, bevor ich ins Bett gehe", sagte er lächelnd.

„Gute Nacht, kleiner Mann", sagte ich und streichelte seine Haare.

Anstatt ins Haus zurückzukehren, sah er mich an und sagte: „Weißt du, warum Mom nicht mit dir schlafen will?"

Für einen Moment war ich sprachlos. Ich wusste nicht, wie ich darauf reagieren sollte. Glücklicherweise hatte Timo nicht auf meine Antwort gewartet und fügte hinzu: „Weil du schnarchst."

Ich wusste nicht, wovon er sprach, aber ich nickte trotzdem.

„Ich schnarche nicht. Ich kann in Moms Bett schlafen", sagte er stolz.

„Aber klar", sagte ich schnell.

Bevor er noch mehr sagen konnte, kam Thalia zu meiner Rettung. „Timo, was machst du hier? Oma wartet oben auf dich", sagte sie zu ihrem Sohn.

„Ich wollte Adam Gute Nacht sagen", sagte er.

„Okay, aber wir wollen Oma nicht länger warten lassen. Bitte geh nach oben und mach dich fertig fürs Bett. Ich komme gleich zu dir", sagte sie und schenkte ihm ein warmes Lächeln.

Timo nickte. „Tschüss, Adam."

Als er ins Haus rannte, schauten wir ihm hinterher.

„Ein tolles Kind", sagte ich.

„Ja, er ist der Beste. Ich habe Glück, ihn zu haben." Thalias Augen leuchteten, als sie ihrem Sohn einen letzten Blick zuwarf.

„Er hat mir verraten, warum du nicht mit mir schlafen willst", sagte ich und konnte mein Grinsen nicht verdrücken.

Thalias Wangen waren tief rosa angelaufen. Sie war platt und sprachlos. Sie wusste nicht, was sie sagen sollte. Am Ende kam nur ein ersticktes „Oh" aus ihrem Mund.

Ich rückte näher zu ihr heran und sie hielt den Atem an. „Ich schnarche nicht", flüsterte ich.

Thalia sagte nichts, aber ihr Blick hing wie gebannt an meinem Mund. Ich spürte, wie die Luft zwischen uns knisterte.

Ich zögerte keine Sekunde, zog sie zu mir und drückte die Lippen auf ihre.

Ihre vollen Lippen waren weich. Ich sah, wie ihre dunklen Wimpern sich flatternd schlossen. Ich schlang meine Arme um ihre Taille und fühlte, wie ihre Brüste an meine Brust gepresst wurden. Thalia schnappte nach Luft, meine Zunge glitt in ihren Mund und begann einen langsamen Tanz mit ihrer. Als meine Hand über ihren Rücken zu ihrem Hinterteil glitt, vibrierte ihr Körper.

Normalerweise hatte ich meine Gelüste fest im Griff. Aber einen Moment lang war ich in Gefahr, die Kontrolle zu verlieren. Ich löste mich von ihr.

Unsere Blicke trafen sich.

Verlegen trat sie einen Schritt zurück. „Ich … ich sollte mal lieber nach Timo sehen", sagte sie mit belegter Stimme.

Ich strich mit dem Daumen über ihre Unterlippe. „Ich warte auf dich."

Ich blieb stehen und schaute zu, wie sie davonging.

Thalias Strahlen und ihre belegte Stimme, nahm ich als Zeichen, dass der Kuss sie genauso heiß gemacht hatte wie mich.

Wir würden definitiv bald neu verhandeln. Vielleicht war ich ein Mistkerl. Aber mein Ziel verfolgte ich unerbittlich weiter.

Kapitel Acht

Thalia

Mit Puddingbeinen ging ich ins Haus. Ich strich mit der Fingerspitze an meiner Lippe entlang. *Was zum Teufel ist gerade passiert?*

Adam hatte mich geküsst. Dieses Mal war es nicht für die Kameras. Wir waren allein. Keine Kameras, keine neugierigen Blicke. Die gegenseitige Anziehungskraft kam ungebeten und war völlig fehl am Platz. Sie ließ sich jedoch nicht leugnen.

Für eine Weile gab ich mich nur den Gefühlen hin, die Adam in mir weckte. Ich war schon eine Ewigkeit lang nicht mehr geküsst worden, dass ich vergessen hatte, wie gut sich das anfühlt. Aber war es je zuvor so schön gewesen? Ich glaubte nicht. An einen solchen Kuss erinnerte ich mich überhaupt nicht.

Das ist gefährlich. Diese Leidenschaft war echt, zumindest meine.

Während ich um Fassung rang, sickerte die Realität langsam wieder zu mir durch. Ich durfte mich nicht so fühlen. Ich hatte einen Vertrag unterschrieben. Es war nur eine Ehe auf Zeit. Hier ging es nur ums Geschäft. Ich durfte das nicht vergessen.

Als ich nach oben ging und mein altes Schlafzimmer betrat, war Timo bereits im Bett. Seine Augen leuchteten, als er mich sah. „Ich dachte, du wärst schon gegangen."

„Wie könnte ich gehen, ohne dich zum Abschied zu küssen?", sagte ich und legte mich neben ihn ins Bett.

„Gehst du jetzt?", fragte er.

Ich nickte. „Ich werde dich wie verrückt vermissen."

Timo lächelte. „Ich werde dich auch vermissen. Aber Oma sagte, du wirst uns jeden Tag anrufen."

„Das werde ich ganz bestimmt tun, darauf kannst du wetten", versicherte ich ihm. „Aber du musst mir versprechen, ein braver Junge zu sein."

Er antwortete nicht, er nickte nur und kuschelte sich an mich heran.

„Ich liebe dich, bis zum Mond und wieder zurück", sagte ich und küsste ihn auf die Stirn.

Er belohnte mich mit einem süßen, beinahe schüchternem kleinen Lächeln.

Als er zu gähnen begann, knipste ich das Nachtlicht an und deckte ihn zu. „Gute Nacht, Schatz. Schlaf gut und träum süß."

„Nacht, Mom", sagte er mit schläfriger Stimme.

Ich küsste ihn noch einmal und stand auf, um zu gehen. Als ich die Tür erreichte, hörte ich ihn rufen: „Mom!"

„Ja, Schatz", hielt ich inne und sah ihn fragend an.

„Ich mag Adam", sagte er und schloss die Augen.

„Ich mag ihn auch", murmelte ich und verließ den Raum.

Unten wartete Adam auf mich.

„Bereit zu gehen?", fragte er.

Ich lächelte und nickte.

Wir verabschiedeten uns von unseren Gästen und gingen nach draußen. Adam öffnete mir lächelnd die Beifahrertür und ich stieg ein. Als er sich auf den Fahrersitz der Limousine schwang, zog sich mein Magen vor Nervosität zusammen. Mir war auf einmal klar geworden, worauf ich mich eingelassen hatte. Ich würde mit einem Fremden unter einem Dach leben.

Die Fahrt zu seinem Haus dauerte nicht lange. Adam fuhr schweigend. Aber ich ertappte ihn immer wieder dabei, wie er mich verstohlen ansah.

Als wir in seine Einfahrt einbogen, zitterten meine Hände. Adam zog den Zündschlüssel ab und drehte sich zu mir. „Willkommen zu Hause."

Ich zögerte ein Moment lang. Denn das war nicht mein Zuhause, dachte ich. Allerdings wollte ich nicht unhöflich klingen. Also lächelte ich ihn an und sagte nur: „Danke." Bevor ich aussteigen konnte, beugte Adam sich zu mir und legte sanft die Lippen auf meine. Augenblicklich verspürte ich ein Ziehen zwischen den Beinen. Ich schloss die Augen und überließ mich seinem Kuss.

Adam strich zärtlich mit dem Daumen über meine Unterlippe, dann öffnete er die Fahrertür.

Mit Puddingbeinen stieg ich aus und ließ mir widerstandslos von ihm dabei helfen.

„Dein Haus ist sehr beeindruckend", sagte ich, als wir vor der Haustür standen.

Adam steckte den Schlüssel ins Schloss und öffnete die Tür. „Das ist dein Zuhause für die nächsten zwölf Monate."

„Aber ich sollte mich besser nicht daran gewöhnen, sonst wird es schwer, in meine alte Wohnung zurückzukehren", lächelte ich und trat ein paar Schritte ins Wohnzimmer. Dort ließ ich mich aufs Sofa sinken.

„Du brauchst nicht in deine alte Wohnung zurückzukehren. Nach Ende der Vertragslaufzeit wirst du dir etwas Besseres leisten können", sagte er und setzte sich mir gegenüber in einen dick gepolsterten Ledersessel. „Ich habe übrigens Mrs Smith gesagt, dass du das Sagen im Haus hast."

Einen Moment lang war ich verwirrt, ich wusste nicht, wer Mrs Smith war.

„Mrs Smith ist meine Haushälterin, sie kümmert sich hier um alles und kocht auch für mich. Sie hat eine separate Wohnung im Ostflügel. Mein Leibwächter wohnt im Gästehaus", erklärte er.

„Ich … ich möchte dir keine Umstände machen."

„Ich will, dass du dich hier Zuhause fühlst."

„Danke."

Auf einmal war es im Raum still. Eine lange Weile saßen wir schweigend da. Mir war nicht bewusst, wie krampfhaft ich die Hände im Schoß ineinanderschlang.

„Mache ich dich nervös?", fragte er plötzlich.

„Nein", sagte ich viel zu schnell. Obwohl ich ihn nicht ansah, wusste ich, dass er grinste.

„Okay, vielleicht ein wenig", gestand ich einen Moment später.

Adam verließ seinen Platz und setzte sich neben mich. „Ich werde mich nicht auf dich stürzen. Ich werde nie etwas tun, was du nicht willst. Du bist bei mir ganz sicher, Tal."

Ich wusste nicht, was mich mehr durcheinanderbrachte: dass er durch seine Worte eine gewisse Nähe herstellen wollte oder dass er meinen Spitznamen benutzte.

Ich nahm meinen Mut zusammen und hob meinen Kopf ein wenig. Adams Blick war auf meine Lippen fixiert. Als er noch näher rückte, fing mein Herz an, zu jagen und erinnerte mich an lang verdrängte Gefühle. Ich ertappte mich dabei, wie ich ihn anstarrte. Schwach schüttelte ich den Kopf. „Das ist eine schlechte Idee."

„Wieso?", sagte er, seine Hand lag plötzlich auf meinem Oberschenkel und bewegte sich langsam nach oben. Auf einmal fiel mir das Atmen schwer.

Widerstrebend hielt ich die Hand davon ab, an meinem Bein noch weiter nach oben zu wandern. „Das ... das können wir nicht."

„Warum nicht?"

Ich schloss die Augen und atmete tief durch, um meine Nerven im Griff zu behalten. Sex war für mich lange kein Thema gewesen. Ich hatte nie gedacht, dass Adam meinen Hormonhaushalt auf Touren bringen wurde.

Als ich die Augen wieder öffnete, sah ich, dass er auf meine Antwort wartete. „Wir haben uns doch darauf geeinigt, nicht intim zu werden."

Adam grinste hintersinnig. „Wir könnten die Regeln ändern", schlug er vor.

Plötzlich waren meine Wangen knallrot. Schlug er eine einjährige Affäre vor? War ich dazu in der Lage? *Eine so betörend schlechte Idee.* Langsam schüttelte ich den Kopf. „Ich glaube, diese Ehe kann nur funktionieren, wenn wir uns an die Regeln halten." Meine Worte klangen sinnvoll, aber mein Herz stellte sich taub.

Adam fuhr sich durchs Haar. Ich konnte sehen, dass Enttäuschung in seinen Augen aufblitzte. „Klar doch. Komm! Ich zeige dir dein Zimmer." Sofort wurde der Raum ein paar Grad kälter.

Die Spannung zwischen uns war förmlich spürbar. Schweigend folgte ich ihm nach oben.

Adam öffnete die Tür zur Master-Suite. „Nach dir." Er streckte einen Arm aus.

Als ich das Zimmer betrat, drehte er sich zu mir, lehnte den Rücken an die Tür und versuchte ein Lächeln, das seine Augen aber nicht erreichte. „Ich hoffe, du hast nichts dagegen, hier zu schlafen."

Meine Wangen röteten sich und ich schaute weg. „Ich ... äh, ich habe nichts dagegen."

Die Master-Suite war größer als meine alte Wohnung. Sie hatte einen riesengroßen Wohnraum und zwei Schlafzimmer. Das Bad lag zwischen ihnen.

Adam ging ein paar Schritte und blieb in der Tür zum zweiten Zimmer stehen. „Das ist dein Zimmer."

Ich öffnete die Tür und trat ein. Der Raum war riesig und mit schönen Möbeln eingerichtet. Ich konnte sehen, dass meine Sachen schon da waren. Als ich vor ein paar Tagen hierherkam, hatte ich alles unten gelassen.

Mein Blick fiel auf das riesige Bett und das erste, was mir dabei in den Sinn kam, war, wie viele Frauen in diesem Bett geschlafen hatten.

Als könnte er meine Gedanken lesen, beantwortete er meine unausgesprochene Frage. „Du bist die Erste. Ich bringe nie Frauen hierher, nicht einmal meine Ex-Verlobte ist hier gewesen."

Ich wusste nicht, was ich davon halten sollte. Aber geschmeichelt war ich trotzdem.

Adam gab mir keine Gelegenheit, etwas zu sagen. Er fuhr einfach fort: „Mein Fahrer wird um neun Uhr morgens hier sein, um uns zum Flughafen zu bringen."

„Ich werde rechtzeitig bereit sein", nickte ich.

„So, das war's dann. Ich lasse dich jetzt alleine, damit du dich ausruhen kannst. Schlaf gut, Tal."

„Gute Nacht", sagte ich, aber er war schon weg. *Es wird ein langes Jahr sein.* Dachte ich. Mit Adam unter einem Dach zu leben, würde nicht einfach sein. Ich sollte herausfinden, wie ich am besten mit ihm umgehen konnte, aber nicht heute Abend. Ich setzte mich auf das Bett und erkannte, wie erschöpft ich war. Ich zog mich schnell um und ging schlafen.

Kapitel Neun

Adam

Nachdem ich Thalia alleine gelassen hatte, ging ich in mein Büro. Ich musste einige Verträge vor meinem Treffen in New York durchgehen. Das Problem war, dass ich mich nicht konzentrieren konnte. Ich konnte sie mir nicht aus dem Kopf schlagen.

Seufzend schüttelte ich den Kopf und rief mir in Erinnerung, welche Art von Ehe ich mit Thalia führte. Das Arrangement erfüllte für einen klar abgegrenzten Zeitraum meine Bedürfnisse.

Thalia merkte, dass ich verärgert war. Ich konnte meine Frustration nicht verbergen. Sie war doch diejenige, die gemischte Signale sendete.

Als ich sie vorhin küsste, war sie sehr empfänglich für meine Berührungen. Ich konnte ihre Erregung erkennen. Vielleicht wollte sie mehr Geld. *Es geht immer ums Geld*, dachte ich. Sie war nicht anders als die anderen. Ich würde ihr klarmachen, dass neue Bedingungen einen neuen Preis bedeuteten.

Eine Stunde später packte ich die Verträge in meine Aktentasche, um sie morgen im Flugzeug durchzugehen.

Anstatt in mein Zimmer zu gehen, ging ich in mein Heim-Gym. Nachdem ich fünf Meilen auf dem Laufband gelaufen war, ging ich endlich schlafen.

Um fünf Uhr dreißig hörte ich Bewegung in Thalias Zimmer. Als ich fünfzehn Minuten später das Wasser laufen hörte, stellte ich mir meine nackte Ehefrau vor. Vermutlich war es besser, wenn ich an etwas anderes dachte.

Als das Wasser abgedreht wurde, ging ich mitten hinein in den Dampf und konnte den blumigen Duft von Thalias Shampoo riechen. Die Tür zu ihrem Zimmer war angelehnt und ich konnte einen Blick auf sie erhaschen. Sie ging in ein großes Handtuch gewickelt umher. Plötzlich kam ich mir wie ein perverser Spanner vor. Lautlos schloss ich die Tür und zog mich aus. Eine kalte Dusche war genau das, was ich jetzt brauchte.

Als ich nach unten ging, betörte der köstliche Kaffeeduft meine Sinne und ließ mir das Wasser im Mund zusammenlaufen. Ich blieb wie angewurzelt in der Küchentür stehen, als ich Thalia sah. Sie trug einen kuscheligen weißen Bademantel und bereitete Rühreier zu. Sie war sexy wie die Sünde.

„Wo ist Mrs Smith?", fragte ich.

Thalia warf mir über ihre Schultern einen Blick zu. „Dir auch einen guten Morgen."

„Morgen", raunte ich und setzte mich an den Tisch. „Wo ist Mrs Smith?"

„Ich habe ihr gesagt, dass ich das Frühstück mache", sagte sie und deckte den Frühstückstisch.

Thalia setzte sich mir gegenüber, griff zur Kaffeekanne und goss ein. „Wie möchtest du ihn?"

„Schwarz."

Thalia reichte mir meine Tasse und löffelte sich ein klein wenig Zucker in ihren eignen Kaffee. Nach dem ersten Schluck sagte sie beiläufig: „Ich habe Mrs Smith gesagt, dass ich den Einkauf und das Kochen übernehmen werde."

„In Ordnung. Solange es dich glücklich macht."

Thalia nahm sich einen Teller mit Rührei und ein Stück Toast. „Du kannst mir dabei helfen und den Abwasch erledigen", schlug sie vor.

Ich nahm mir Eier, Würstchen und Toast. „Nein danke, ich bin nicht ein häuslicher Typ."

„Bitte, nur den Abwasch", sagte sie.

Ich runzelte die Stirne. „Wieso bist du davon besessen? Ich habe Hausangestellte, die dir bei allem helfen sollen."

Thalia senkte verlegen den Blick. „Es geht um Timo. Zum ersten Mal wohnen wir mit einem Mann zusammen. Ich habe mir gewünscht, dass du für ihn ein Vorbild bist und ihm ein gutes Beispiel gibst."

Ich hatte sie noch nie so gesehen. Thalia hatte mir ihre verletzliche Seite gezeigt. Wenn ich nicht so ein selbstsüchtiger Mistkerl wäre, würde ich ihr sofort Ja sagen. Aber ich war ein selbstsüchtiger Mistkerl.

Ich sah sie schweigend an. Erst nach ein paar Sekunden fragte ich: „Und was habe ich davon, wenn ich das tue?"

„Hmmm, ich würde ja schon kochen." Sie kaute langsam und sorgfältig.

Ich zuckte die Achseln. „Mrs Smith kocht für mich."

Thalia schenkte mir ein kokettes Lächeln. „Ich bin eine ausgezeichnete Köchin."

„Sie kann auch gut kochen. Lass dir etwas anderes einfallen."

Ich sah, wie Thalia an ihrer Lippe kaute. „Ich gebe auf, Okay. Sag mir, was du willst und ich gebe es dir."

Ich ließ die Gabel sinken und schaute ihr direkt in die Augen. „Ein Kuss", sagte ich leise. „Ich will dich noch mal küssen."

54

Thalia blinzelte mich kurz an, dann schaute sie weg. „Okay."

Ich leerte meine Tasse mit einem selbstzufriedenen Grinsen, stand auf und schob den Stuhl zurück. Ich nahm ihre Hand und zog sie von ihrem Stuhl hoch. Ohne ein weiteres Wort presste ich meine Lippen auf ihre.

Der Kuss begann zart und mit geschlossenen Lippen. Thalia bewahrte für ein paar weitere Sekunden ihre steife Haltung, dann zerschmolz sie. Sie öffnete sich mir.

Jeder harte Muskel meines Körpers schmiegte sich an jede ihrer weichen Rundungen. Thalia stöhnte und presste sich an mich. Ich fühlte, wie ihr Körper sich nachgiebig an meinen schmiegte. Ihr Geschmack erfüllte mich, weckte in mir den Wunsch nach mehr.

Ich löste mich von ihr. Unsere Blicke trafen sich.

Ich strich mit dem Daumen über ihr Kinn. „Ich glaube wir müssen reden."

Thalia schluckte und schlüpfte aus meinen Armen. „Ich ... ich gehe mich umziehen."

Mit großer Mühe trat ich einen Schritt zurück und schaute zu, wie sie mit glühenden Wangen aus der Küche rannte.

Eine Stunde später begaben wir uns auf den Weg zum Flughafen.

Kapitel Zehn

Thalia

N ur dank meiner Willenskraft stand ich die Fahrt durch. Ich tat so, als wäre alles in schönster Ordnung. Das Gegenteil war der Fall. In der Limousine hielt ich die ganze Zeit den Atem an, weil seine Wange beinahe meine berührte und meine Haut vor lauter Erregung prickelte, so sehr war ich mir seiner Gegenwart bewusst.

Adam beugte sich vor und richtete seinen forschenden grünen Blick auf mich. „Was diesen Kuss angeht ..."

Mit einer Handbewegung schnitt ich ihm das Wort ab. „Ich möchte nicht darüber reden."

„Ich glaube, dass wir darüber reden sollten." Adam strich mir mit dem Handrücken ganz leicht über die Wange, rückte näher. Ich spürte, wie mein Puls sich beschleunigte. Ich wusste, dass er recht hatte. Aber langsam verließ mich die Courage. Ich schloss die Augen und flüsterte: „Adam, bitte. Nicht jetzt, Okay."

„Aber bald."

Wir erreichten den Seattle Tacoma International Airport. Die Limousine fuhr zum VIP-Parkplatz und hielt an. Der Fahrer öffnete mir lächelnd die Tür und ich stieg aus. Jemand stellte unser Gepäck auf einen Wagen und schob ihn fort.

Nachdem wir durch eine separate Sicherheitskontrolle gegangen waren, nahm Adam mich am Ellenbogen und führte mich zu seinem Privatjet. Wir stiegen die kurze Treppe hinauf.

In dem Flieger wies mir Adam einen Fenstersitz zu und setzte sich mir gegenüber. Er schnallte sich an und lehnte sich entspannt zurück.

„Der Flug nach New York dauert ungefähr fünf Stunden", informierte er mich.

Ich machte es mir in meinem Sitz gemütlich und schnallte mich an. „Ich bin noch nie in einem Privatjet geflogen."

„Gewöhn dich dran", grinste Adam.

Ich strich über den gepolsterten Ledersitz und schlug die Beine übereinander. „Lieber nicht. Nach dem Ablauf der Vertragszeit werden meine Flüge weniger luxuriös sein", sagte ich.

„Wir könnten ja Freunde bleiben. Nach der Trennung, meine ich", sagte er und lächelte mich an. Es lag eine Wärme in seinen Augen, über die ich mich geradezu unmäßig freute.

Ich nickte zustimmend. „Klar."

„Prima." Wieder bedachte er mich mit diesem Lächeln, woraufhin sich mein Magen vor Lust und Verlangen zusammenzog.

Ich holte ein Buch aus meiner Tasche. Aber anstatt zu lesen, ertappte ich mich dabei, wie ich Adam verstohlen ansah. *Könnten wir wirklich Freunde bleiben?* Bei der Erinnerung an den Vorfall in der Küche begannen meine Wangen zu glühen. Ich hatte keine Ahnung gehabt, dass ein Kuss so erregend sein konnte. Wenn es weiter zwischen uns beiden funkte, würde es wahrscheinlich damit enden, dass wir taten, was zwei Erwachsene zu tun pflegten, zwischen denen die Chemie stimmte. *Das nennt man wohl Sex. Auch wenn du seit Jahren keinen mehr gehabt hast, weißt du noch, wie es geht.* Erschrocken über meine Gedanken schüttelte ich unwillkürlich den Kopf. *Mit Adam ins Bett zu gehen, könnte böse enden.* Flüsterte mir die Stimme der Vernunft ein.

Als das Flugzeug die Reiseflughöhe erreicht hatte, sagte der Pilot durch, dass wir die Sicherheitsgurte ablegen könnten. Adam löste seinen Sicherheitsgurt und nutzte die Bewegungsfreiheit. Er ging durch die Kabine seines Privatjets und öffnete eine Flasche Champagner. „Du machst den Eindruck, als könntest du einen Drink vertragen." Er reichte mir eine hohe Champagnerflöte und setzte sich neben mich.

„Bin ich so leicht zu durchschauen?"

„Du führst seit einer Viertelstunde Selbstgespräche." Adam schaute mich an. In seinen grünen Augen lag etwas Eindringliches. „Alles in Ordnung?"

Unfähig, einen zusammenhängenden Satz herauszubringen, stürzte ich die Hälfte des Champagners mit einem Schluck hinunter und nickte nur.

Adam vergrub zu meiner Überraschung die Nase in meiner Halsbeuge. Das Kratzen seiner Bartstoppeln auf meiner Haut ließ alle meine erogenen Zonen prickeln. Er atmete meinen Duft ein, dann hob er den Kopf und betrachtete mich mit grenzenloser Lust, Sehnsucht und Zuneigung.

Mein Glas war plötzlich leer.

Adams Lippen näherten sich meinem Ohr. „Willst du mich, Thalia?"

Mein Puls begann zu rasen. Obwohl ich mir nicht sicher war, ob ich das Richtige tat, konnte ich die Gefühle nicht verleugnen, die Adam in mir weckte. „Ja."

Adam griff nach meiner Hand, stand auf und zog mich behutsam hoch. Er führte mich zum Schlafzimmer und schloss die Tür. Drinnen setzte er mich aufs Bett und drückte mich auf die Matratze.

Seinen Körper auf meinem zu spüren, fühlte sich unglaublich gut an. Ich spürte die Hitze seiner Erektion an meinem Bauch und ich war sofort hochgradig erregt.

Als seine Lippen meine berührten, konnte ich fühlen, wie die Lust meine Brüste schwer und heiß werden ließ. Ich wollte ihn spüren, wollte, dass er diese brennende Sehnsucht in mir löschte.

Langsam knöpfte Adam meine Bluse auf und warf sie auf den Boden. Er küsste mich noch einmal, diesmal viel drängender. Als seine Hände meine Brust umfasste, überkam mich eine heiße Welle. Ich stöhnte auf.

„Du bist wunderschön", murmelte er zwischen meinen Brüsten.

Ich zerrte an seinem Hemd. Als meine Hand seine nackte Haut unter dem Hemd berührte, verdunkelten sich seine Augen. „Ich will dich", flüsterte er in mein Ohr. Seine Stimme war heiser vor Verlangen.

Ich biss mir auf die Lippe und unterdrückte ein verlegenes Lächeln. Trotz meiner Erregung wusste ich nicht, was ich tun sollte. Auf einmal war ich verklemmt und zutiefst verunsichert.

Adam schien zu spüren, was in mir vorging. Er küsste mich erneut. Dann gab er meinen Mund frei, seine Lippen wanderten über meinen Kiefer zu meinem Hals. „Zwanzig Prozent mehr", raunte er zwischen Küssen.

Lust benebelte mein Gehirn, ich registrierte seine Worte nicht.

Doch schon im nächsten Moment verstand ich die Bedeutung seiner Worte.

Der Zauber des Augenblicks war erloschen.

59

Ich schob ihn von mir weg, sprang aus dem Bett und zog meine Bluse wieder an.

Adam sah mich total verwirrt an. „Was ist los?"

„Nichts. Aber das ist ein großer Fehler", sagte ich und versuchte meine Tränen zurückzuhalten.

Nicht weinen, nicht weinen.

Adam fuhr sich durchs Haar. „Ich dachte, du wolltest es." Er war ahnungslos. Er merkte nicht einmal, was er falsch gemacht hatte.

„Das wollte ich. Aber jetzt nicht mehr." Meine Stimme war kaum hörbar, als ich die Worte hervorpresste.

„Was für ein Spielchen spielst du jetzt, Thalia?", schnaubte er zornig und stand auf. Ich konnte die deutlich sichtbare Beule in seiner Hose sehen. *Geschieht ihm recht.*

„Stell dich unter eine kalte Dusche, Adam. Ich habe es mir anders überlegt. Bitte, würdest du jetzt gehen? Ich komme gleich nach", sagte ich und öffnete die Tür für ihn. Ich war stolz darauf, dass meine Stimme nicht zitterte. Sie klang fest und mein Ton war scharf wie eine Rasierklinge.

Adam seufzte, knöpfte sein Hemd zu und verließ den Raum.

Als ich endlich allein war, verschloss ich die Tür und lehnte meinen Kopf dagegen. Tränen strömten mir übers Gesicht.

Du bist so blöd, Thalia. Was hast du dir dabei gedacht?

Eine Welle der Enttäuschung schlug über mir zusammen. Ich wusste, dass Adam keine Gefühle für mich hatte. Es ging doch nur um sexuelle Anziehungskraft. Aber er hatte mich wie ein Callgirl behandelt. Vielleicht hatte ich ihn wegen des Geldes geheiratet aber ich war doch kein Callgirl. Ich wäre mit ihm ins Bett gegangen, weil ich es wollte, nicht um dafür bezahlt zu werden. *Ich war niemandes Hure.*

Meine Traurigkeit verwandelte sich in Wut.

Ich ging zur Toilette und wusch mir das Gesicht mit kaltem Wasser. Als ich ein paar Minuten später die Toilette verließ, hatte ich meine Wut im Zaum gehalten.

Ich spürte Adams Blick, als ich zurückkam. Aber ich ignorierte ihn, nahm mein Buch wieder zur Hand und setzte mich bequem hin.

Er beobachtete mich schweigend, aber ich konnte seinem Blick einfach nicht standhalten.

„Sagst du mir, was ich falsch gemacht habe, oder willst du die ganze Zeit lang schmollen?", sagte er nach einer Weile.

Ich warf ihm einen düsteren Blick zu und las weiter.

Adam sog scharf die Luft ein und atmete langsam wieder aus. „Warum bist du so böse auf mich?"

Er hielt es nicht einmal für nötig, sich zu entschuldigen. Das fachte meine Wut von neuem an. Ich ließ das Buch sinken und schaute ihn an. „Du willst mich für Sex bezahlen. Das ist mein Problem!"

„Du hast mich vorhin falsch verstanden."

„Ich bin keine Hure! Du hast mich heute behandelt, als wäre ich dein verdammtes Callgirl. Ich würde doch nicht wegen des Geldes mit dir Sex haben! Himmel, warum bist du so blöd?!" sagte ich, lauter als ich beabsichtigt hatte.

Adam zuckte zusammen und ich fuhr fort: „Ich verzichte auf dein großzügiges Angebot."

„Wir beide wissen, dass es unmöglich ist. Wir werden unweigerlich zusammen im Bett landen."

Ich zog eine Augenbraue hoch. „Dein Ego ist monströs."

Adam zuckte die Achseln. „Stimmt. Aber die gegenseitige Anziehung zwischen uns ist nicht mehr zu verleugnen. Ich will dich und du willst mich doch auch."

„Träum weiter."

Das war eine dicke fette Lüge.

Sofort breitete sich Hitze zwischen meinen Beinen aus, als Reaktion auf seine Worte. Mein Körper war ein Verräter. Ich begehrte ihn, aber ich wollte es nicht zugeben. Ich war sauer und verletzt.

Wenn ich schlau wäre, würde ich auf Distanz gehen. *Ich konnte es leider nicht tun.*

Kapitel Elf

Adam

Ich habe alles vermasselt.
Thalia ignorierte mich völlig für den Rest des Fluges. Sie steckte den Kopf in ihr Buch und sah mich nicht einmal an. Ich wusste nicht, was ich falsch gemacht hatte, ich bot ihr mehr Geld an. Woher sollte ich wissen, dass sie kein Geld wollte? Immerhin hatte sie mich gegen Geld geheiratet.

Der Jet setzte zur Landung an, Thalia schloss den Sicherheitsgurt und schaute aus dem Fenster.

Ich griff nach ihrer Hand. „Bist du immer noch sauer auf mich?"

Thalia zuckte zusammen, aber sie versuchte nicht ihre Hand wegzuziehen. Sie schaute auf ihre Hand und atmete tief durch. „Dein Angebot war verletzend. Aber ich werde darüber hinwegkommen."

Nur mit Mühe riss ich die Augen von ihren Lippen los und drückte ihre Hand. Am liebsten hätte ich mich zu ihr gebeugt und ihr Leid und ihren Schmerz weggeküsst. Ich wagte es aber nicht.

Die ganze Fahrt zu meiner Wohnung hatte Thalia weniger gesagt und mehr geguckt und auch ich blickte zu ihr, ohne etwas zu sagen.

Als wir in meinem Penthouse ankamen, gab sie vor, müde zu sein, rannte förmlich in ihr Zimmer und schloss sich ein.

Ich ging in mein Büro und arbeitete. Als ich fertig war, hatte ich Hunger. Ich wollte Thalia zum Abendessen einladen, aber ich wusste, dass sie ablehnen würde. Stattdessen hatte ich Essen bestellt.

Thalia kam aus ihrem Zimmer, sobald sie das Essen roch. Wir aßen gemeinsam eine Pizza zum Abendessen. Höflich, vielleicht sogar ein wenig kühl hatte sie sich mit mir unterhalten. Die leidenschaftlichen Momente, die wir heute erlebt hatten, waren nur noch eine ferne Erinnerung.

Thalia wollte eine Distanz zwischen uns wahren. Eigentlich sollte das mich nicht stören. Aber es störte mich, sehr sogar.

Nach dem Abendessen rief ich Timo an. Mein ursprünglicher Plan war, ein wenig mit ihm zu plaudern, damit ich bei seiner Mutter einige Punkte sammeln konnte. Aber nachdem er mir von seinem Tag mit seinem Freund Josh erzählt hatte, sagte ich: „Ich brauche einen Tipp, Kumpel."

„Okay", sagte er zögernd.

„Was machst du, wenn Mom sauer auf dich ist?" *Toll, jetzt nehme ich den Rat eines sechsjährigen Kindes an.*

„Ähm … Mom ist nie sauer auf mich", sagte er sofort, dann fügte er hinzu: „Es sei denn, ich habe etwas wirklich, wirklich Schlimmes getan. Hast du etwas Schlimmes getan?"

„Nein, aber sie ist sauer auf mich. Erwachsene sind komisch manchmal", erklärte ich.

„Okay. Wenn sie sauer ist, male ich ihr ein Bild und sage Entschuldigung."

„Ist das alles?", wollte ich wissen.

„Ja, Mom kann nicht lange wütend bleiben. Wenn sie mein Bild sieht, lächelt sie immer und gibt mir einen Kuss."

Bevor ich antworten konnte, fragte er: „Willst du, dass Mama dich auch küsst?"

Ich will viel mehr als das, dachte ich.

„Nein, ich will nur, dass sie nicht böse auf mich ist."

„Sag einfach Entschuldigung. Aber warte, bis sie ihren Kaffee zuerst getrunken hat."

Timo hörte seine Großmutter nach ihm rufen. „Ich muss auflegen. Oma meinte, dass das Essen ist fertig."

„Okay, geh schon, lass Oma nicht warten."

„Tschüss, Adam!"

Ich legte auf. Doch schon in der nächsten Minute plagte mich mein schlechtes Gewissen. Timo war ein großartiger Junge. Ich sollte ihn nicht benutzen, um mein Ziel zu erreichen.

Das war billig, dachte ich. Ich beschloss, Timo in Zukunft aus der Sache herauszuhalten. Ich hatte aber vor, seinen Rat zu befolgen.

Ich war nicht so gut im Zeichnen. Also holte ich ein Blatt Papier und einen Stift und schrieb: „**I AM SO SORRY!**"

Ich hängte es an den Kühlschrank und verließ die Küche.

Als ich am nächsten Morgen die Küche betrat, saß Thalia auf einem Hocker an der Küchentheke und nippte an ihrem Kaffee. Sie hielt das Blatt in ihren Händen und starrte es an.

„Guten Morgen", sagte sie, als sie mich bemerkte.

Sie schien nicht mehr sauer auf mich zu sein.

„Guten Morgen. Hast du gut geschlafen?", fragte ich.

Sie schenkte mir ein warmes Lächeln und nickte.

„Timo hatte recht. Du kannst nicht lange wütend bleiben", sagte ich.

Thalia war überrascht. „Du hast mit Timo gesprochen? Wann?"

„Ich habe ihn gestern Abend nach dem Abendessen angerufen."

„Das hat er mir nicht erzählt."

„Es war ein Gespräch unter Männern", grinste ich. „Er hat mir gesagt, was ich machen sollte, damit du mir verzeihst."

Thalia starrte mich ungläubig an. „Du hast meinen nicht mal siebenjährigen Sohn um Rat gebeten?"

Ich zuckte die Achseln. „Er weiß schließlich besser als jeder andere, wie du tickst!"

Sofort wurde ihr Mund von einem warmen Lächeln umspielt. „Vermutlich hast du recht. Aber ich bin nie wirklich böse auf ihn."

„Das hat er auch gesagt."

Ich konnte die Belustigung in ihrer Stimme hören. „Und was hat er dir noch verraten?"

Ich trat näher zu ihr. „Er sagte ...", flüsterte ich und schaute ihr in die Augen. „Du wirst mich küssen." Unwillkürlich öffneten sich meine Lippen. Thalias Blick hing wie gebannt an meinem Mund.

Es war alles wieder da. Die gegenseitige Anziehung. Ich spürte, wie die Luft zwischen uns knisterte.

Thalia zögerte kurz, beugte sich zu mir und küsste mich. Warm, weich und süß. Ohne zu zögern, übernahm ich das Kommando. Ich saugte ihre Unterlippe in meinen Mund und strich mit der Zunge über ihre empfindliche Haut. Meine Zunge glitt in ihren Mund und wieder hinaus und brachte sie zum Stöhnen.

Ich strich mit der Hand über ihre Rücken, ehe mein Mund sich von ihrem löste. Thalia wollte sich losmachen, aber ich hielt sie fest in meinen Armen.

An ihren Lippen murmelte ich: „Ich begehre dich. Mehr als es gut für mich ist."

Thalia schüttelte den Kopf und löste sich aus meinen Armen. „Wir wollten doch Freunde bleiben."

„Wir können Freunde mit gewissen Vorzügen werden", schlug ich vor.

„Ich ... ich weiß nicht. So was habe ich noch nie gemacht."

„Wir sind erwachsen. Zwischen uns stimmt einfach die Chemie, das hast du bestimmt gemerkt. Eine befriedigende körperliche Beziehung würde uns guttun. Falls du kein Interesse hast, brauchst du es nur zu sagen."

Thalias Augen huschten von meinen weg und ihre Wangen wurden rot. „Ich bin auf keinen Fall uninteressiert, aber ich brauche Zeit zum Nachdenken."

Ich grinste zufrieden. „Im Moment reicht mir das als Antwort."

Thalia nickte und dann drehte sie sich um und ging.

Kapitel Zwölf

Thalia

Verwirrt verließ ich die Küche und begab mich in mein Schlafzimmer. Adam hatte es wieder geschafft mich durcheinander zu bringen. *Freunde mit gewissen Vorzügen. Eine einjährige Affäre.* War ich dazu in der Lage? Vor einer Woche hätte ich das nie für möglich gehalten. Bei unserem ersten Treffen hatte Adam mir klargemacht, dass er kein Interesse an mir hatte. Ich dachte, dass es ihm leichtfallen würde, einen Bogen um mein Bett zu machen.

Aber seit Freitag wuchs die sexuelle Spannung zwischen uns. Ich war nicht mehr böse auf ihn, seine Entschuldigung hatte eine fast magische Wirkung. Aber seine Worte waren klar. Adam wollte nur Sex.

Was ist daran so schlimm? Ich hatte noch nie unverbindlichen Sex gehabt. Ich war siebenundzwanzig Jahre alt und hatte in meinem ganzen Leben nur mit einem einzigen Mann geschlafen.

Ich war noch Jungfrau, als ich Jeff meinen Exmann heiratete. Im Bett hatte es zwischen uns nie gefunkt. Wir hatten immer standesgemäßen Sex gehabt. Ich dachte, es läge an mir, dass wir sehr häufig keinen Sex hatten. Er war derjenige, der mir von den anderen Frauen erzählte. Er behauptete, dass es alles meine Schuld war. Ich konnte ihn nicht befriedigen und ich war nie genug. Aber ich akzeptierte, dass ich als Ehefrau versagt hatte. Nach der Scheidung wollte ich die Erfahrung nicht wiederholen. Seitdem hatte ich keinen Mann mehr an mich herangelassen.

Es fiel mir nicht schwer. Ich hatte meinen Sohn und meine Arbeit; sie waren mehr als genug.

Ich hatte mich nie nach der Berührung eines Mannes gesehnt. Es war wirklich erst vor kurzem, als ich erkannte, dass ich einen Libido hatte. *Dank Adam.* Die Gefühle, die er in mir weckte, waren ganz neu. Die Erinnerung an Adams warme Lippen jagte mir erregte Schauer über den Rücken.

Ich war in meine Gedanken vertieft, als ich die Wohnungstür sich schließen hörte. Schnell verließ ich mein Zimmer. Zu meiner Enttäuschung stellte ich fest, dass Adam weg war. An der Küchentheke lag eine Nachricht in seiner schrägen Handschrift für mich.

Liebe Freundin,

ich musste ins Büro. Robert holt dich um elf ab. Geh Einkaufen. Diese Woche müssen wir zu drei Geschäftsessen und einem Wohltätigkeitsball. Sei ausgehfertig um Punkt sieben Uhr. Wir gehen essen. Nur wir beide.

A.

Neben dem Zettel lag eine Kreditkarte. Seufzend nahm ich den Zettel, ließ die Karte liegen und ging mich umziehen.

In meinem Zimmer dachte ich über Adams Vorschlag nach. Ich wollte ihn. Aber konnte ich eine Mauern um mein Herz errichten, wenn wir miteinander ins Bett gingen? Ich hatte Angst verletzt zu werden. „Ich fürchte, wegzulaufen und mich verstecken kommt nicht infrage", murmelte ich vor mich hin. „Das wäre feige und dumm."

Um Punkt elf Uhr trat ich aus dem Fahrstuhl. Adams Fahrer Robert wartete auf mich und öffnete mir bereits lächelnd die hintere Tür. Während der Fahrt hatte ich eine Entscheidung getroffen. *Ich springe von dieser Klippe und zum Teufel mit den Konsequenzen.*

Vier Stunden später hatte ich alles, was ich brauchte. Ich kaufte drei Cocktailkleider. Für den Wohltätigkeitsball am Freitag überredete mich die Verkäuferin, ein gewagtes Abendkleid zu kaufen.

Mir gefiel ein kurzes, hautenges, schwarzes Kleid. Es war ein Stück Sünde. Ohne zu überlegen, hatte ich es gekauft und dabei an Adam gedacht.

Außerdem kaufte ich mir neue Dessous. Und zwar solche, die eine Frau nur anzieht, damit der Mann sie ihr vom Leibe reißt.

Schließlich besorgte ich Blumen, Kerzen und die Zutaten für ein Abendessen.

Ganz schwindlig vor Aufregung und beladen wie ein Packesel betrat ich das Penthouse. Robert wollte mir beim Tragen helfen, aber ich lehnte höflich ab. Ich war nicht daran gewöhnt Hilfe anzunehmen.

Nachdem ich die Einkäufe weggeräumt hatte, warf ich einen Blick auf meine Uhr. Ich hatte noch knapp vier Stunden Zeit, alles vorzubereiten.

Im Esszimmer stellte ich die Kerzen und eine Vase mit duftenden Rosen auf den Tisch. Dazu verteilte ich ein paar duftende Teelichter auf den Fensterbänken und Kommoden. Als ich mit dem Ergebnis zufrieden war, ging ich in die Küche, um das Abendessen vorzubereiten. Zwei Stunden später kehrte ich ins Schlafzimmer zurück. Ich breitete das neue Kleid und die aufreizenden schwarzen Dessous auf das Bett aus. Die Vorfreude ließ mich zittern, als ich mir ausmalte, wie ich mich darin fühlen würde. Ich nahm ein heißes Schaumbad, cremte mich am ganzen Körper ein und zog mich an. Ich legte etwas mehr Make-up auf als gewöhnlich und wählte einen roten Lippenstift.

Normalerweise benutzte ich nie solche kräftigen Farben. Aber die Farbe stand mir gut.

Um genau sieben Uhr war der Tisch für zwei gedeckt, die Kerzen waren angezündet und das Essen war auf großen Silberplatten angerichtet. Alles war perfekt arrangiert. Wenn alles nach Plan verlief, würde es tatsächlich passieren. Ich würde Sex mit Adam Grant haben. In meinem neuen Kleid fühlte ich mich selbstsicher. Ich hätte nie gedacht, dass ich mich je so fühlen würde. *Verführerisch, mächtig und zu allem entschlossen.*

Kapitel Dreizehn

Thalia

Der leise Piepton des Türschlosses riss mich aus meinen Gedanken. Ich hörte seine Schritte durch den Flur. Wenige Augenblicke später kam Adam ins Zimmer. Ich hob mein Rotweinglas, stand auf und ging auf ihn zu. Adam blieb stehen. Seine Füße schienen am Boden zu kleben. Ich sah, wie er mich von oben bis unten musterte.

Adam nahm das Glas, das ich ihm anbot. Doch sein Blick ließ mich nicht los. „Ich dachte, wir gehen essen!"

„Essen werden wir auf jeden Fall, aber es gibt eine kleine Planänderung. Ich habe uns ein Abendessen gemacht", lächelte ich ihn an. „Wir müssen diese Woche zu drei Geschäftsessen. Ich dachte, es wäre schön, nur zu zweit Zuhause zu essen."

Adam starrte mich an und nickte. Ich ging zwei Schritte vor, zog seinen Stuhl vom Tisch weg und mit einer Geste forderte ihn auf, sich zu setzen.

„Du musstest nicht kochen. Wir hätten etwas bestellen können", sagte er und setzte sich.

Ich nahm den Deckel von einer der Platten und legte Adam Rinderbratenscheiben, Bratkartoffel und Spargel auf den Teller. „Das macht mir nichts aus. Ich koche gern."

Ich nahm mir auch von den Speisen und setzte mich neben ihn.

Adam griff zur Gabel, aber sein Blick war auf mich gerichtet. Er spießte mich mit Blicken auf. Seine Augen funkelten förmlich vor Lust und Begierde.

Ich nahm einen Schluck Wein, dann biss ich die Spitze der Spargelstange ab und kaute langsam. Ich sah, wie Adam sich zwang, zu essen. „Schmeckt dir das Essen nicht?", fragte ich unschuldig.

„Es schmeckt ausgezeichnet." Adam aß ein Stück Fleisch und kaute hastig.

Ich lächelte, nahm auch ein Stück Fleisch und kaute genüsslich. Ich genoss das Katz-und-Maus-Spiel. Im Augenblick war ich mir ziemlich sicher, dass ich die Katze war. Nie zuvor hatte ich so viel Macht über einen Mann gehabt. Das gefiel mir gut. Sehr gut sogar.

Als ich nach meinem Weinglas griff und noch einen Schluck Wein nahm, trafen sich unsere Blicke. Adam stöhnte leise auf und fragte: „Was machst du da eigentlich?"

„Ich esse", lächelte ich ihn unschuldig an.

Adam lehnte sich zurück und schüttelte den Kopf. „Das Essen, die Kerzen, die Blumen und dein Kleid. Was hat das alles zu bedeuten?", fragte er, während sein Blick über den Ausschnitt meines Kleides glitt.

„Ich koche gern. Ich mag Kerzen und Blumen. Und das Kleid habe ich heute gekauft", sagte ich, hob meinen Kopf und schaute Adam in die Augen. „Ich habe an dich gedacht, als ich es angezogen habe und malte mir aus, wie es sein würde, wenn du es mir ausziehst."

Adam sog scharf die Luft ein und trank den Rest des Weins mit einem Schluck aus. Ohne ein weiteres Wort schob er seinen Stuhl zurück, griff nach meiner Hand, stand auf und zog mich hoch.

Und dann küsste er mich. Unzählige Sinneseindrücke überfluteten mich. Ich wusste, dass Adam mir das Herz brechen würde. Aber es gab kein Zurück mehr. Mein Verlangen war zu groß. Ich wollte ihn.

Meine Lippen öffneten sich. Seine Zunge eroberte meinen Mund, während seine Hände über meinen Rücken glitten. Ich klammerte mich an ihn, um ihn näher an mich zu ziehen. Wir waren beide hungrig.

Adam unterbrach den Kuss und wir rangen nach Luft. Er sah mir in die Augen. „Ich habe noch nie eine Frau so gewollt wie dich."

Ich wusste nicht, wie ich darauf reagieren sollte, aber Adam ließ mir ohnehin keine Zeit. Er presste mich mit seinem ganzen Körper gegen das Fenster. Ich konnte deutlich spüren, wie erregt er war.

Adams Lippen fanden sofort die zarte Haut an meinem Hals. Er küsste die Spur von meinem Schlüsselbein zu meinen Ohrläppchen und ich erschauerte.

Als ich versuchte, ihn anzufassen, nahm er meine Hände und zog sie mir über den Kopf. Das war frustrierend und unglaublich erotisch zugleich.

Adam hörte nicht auf, mich zu küssen. Seine Küsse waren heiß und drängend, sie raubten mir den Atem. Ich rieb mein Bein an seines, da ich meine Hände nicht bewegen konnte.

Adam schüttelte den Kopf. „Wir sollten uns wohl besser ein Bett suchen. Sonst nehme ich dich gleich hier am Fenster und ganz New York wird es sehen."

Ich versuchte, über meine Schulter einen Blick auf die Lichter der Stadt zu erhaschen. Ganz so hemmungslos war ich noch nicht. „Mein Bett ist näher."

Adam ließ meine Hände los und schaute mir in die Augen. „Ich will dich nicht verletzen. Du sollst das hier nicht für etwas

74

halten, was es nicht ist. Ich mag dich sehr, aber ich bin nicht in der Lage, eine Beziehung einzugehen. Das werde ich wahrscheinlich nie können", sagte er. „Bist du sicher, Thalia?" Adam ließ mir einen Fluchtweg offen, aber den wollte ich jetzt nicht mehr. Meine Gefühle waren nicht nur körperlich, doch im Moment verlangte das körperliche meine gesamte Aufmerksamkeit. „Ich weiß genau, was das ist. Eine befriedigende körperliche Beziehung mit einem klaren Anfang und einem klaren Ende. Ich bin aber kein Callgirl. Ich will kein Extrageld und keine teuren Geschenke", sagte ich und presste meine Lippen auf seine. Mein Kuss sagte ihm, dass ich keinen Rückzieher machen würde.

Adam zog mich vom Fenster weg und führte mich durch den Flur zu meinem Schlafzimmer.

Drinnen umfasste Adam mein Gesicht und küsste mich voller Leidenschaft. Sein glühender Blick bohrte sich in mich hinein. „Ich will dich so sehr, dass es weh tut."

Ich war noch nie so begehrt worden. Ich hoffte, ihm das geben zu können, was er erwartete. Verzweifelt versuchte ich mich daran zu erinnern, was einem Mann gefiel. Ich streifte ihm die Jacke von den Schultern, warf sie achtlos auf einen Stuhl und begann, sein Hemd aufzuknöpfen.

Jeder Nerv in meinem Körper brannte darauf, mit diesem Mann zu verschmelzen. „Ich will dich auch", raunte ich.

Als sein Hemd auf dem Fußboden landete, wandte ich ihm den Rücken zu und fasste nach meinen Haaren. „Könntest du …?"

Ohne Hast zog er den Reißverschluss meines Kleides hinunter. Ich stieg aus dem Kleid, als es zu Boden fiel. Langsam wandte ich mich ihm zu und lächelte.

Adam sog scharf die Luft ein und stieß sie zischend wieder aus. Seine grünen Augen waren fast schwarz und strahlten vor Lust. „Großer Gott, Thalia. Was hast du da an?" Ein Gefühl von Macht erfüllte mich, ich legte meine Hände auf seine und führte sie über meinen Körper. „Das habe ich heute gekauft, damit du es mir vom Leib reißen kannst", flüsterte ich.

In diesem Moment verlor Adam die Beherrschung. Er stieß einen leisen Seufzer aus, als er über die Seide tastete. Dann zog er daran bis der zarte Stoff nachgab.

Er küsste mich wild und zog mich mit sich aufs Bett.

Noch nie fühlte ich mich so lebendig. Mein ganzer Körper bebte vor Lust und Verlangen.

Adams Mund strich über mein Gesicht und an meinen Hals hinunter. Seine Hände waren so schnell und peitschten meine Sinne auf. Sein erregter Leib lag auf mir. Sein Körper glühte förmlich. Heiße, feuchte Haut schmiegte sich an meine und ließ mich erschauern. Als sein Mund meine Brust fand, stieß er ein heißes, lustvolles Stöhnen aus.

Als seine Hände in die Innenseiten meiner Oberschenkel griffen, keuchte ich laut. Ich stammelte flehend seinen Namen, als sich die Spannung in mir aufbaute. Sie steigerte sich immer mehr, bis ich mich atemlos versteifte.

Adam trieb mich wieder höher, bevor ich mich erholen konnte. Aber ich ließ mich treiben. Mein Mund war so gierig wie seiner und meine Berührungen waren so ungeduldig wie seine. Ich wollte ihn berühren, wie ich berührt werden wollte. Ich genoss das wilde Verlangen, von dem ich nicht gewusst hatte, dass ich es noch in mir hatte.

Ich konnte kaum atmen und sehnte mich danach, mit ihm eins zu werden. Ungeduldig zerrte ich die Hose über seine Hüften. Adam verlagerte nur leicht sein Gewicht und ich hörte, wie eine Verpackung aufgerissen wurde.

Als er sich das Kondom überstreifte, schlang ich die Arme um seinen Hals und öffnete mich ihm.

Keuchend glitt Adam in mich hinein. Er sah mir in die Augen, während er sich immer heftiger in mir bewegte. Als ich kurz vor der Erfüllung stand, stieß er ein letztes Mal hart in mich hinein und ließ sich gehen.

Adams Gewicht drückte mich aufs Bett, sein Atem war so heftig wie meiner.

Er hob sich ein wenig und stürzte sich auf seinen Ellenbogen. Obwohl meine Augen geschlossen waren, wusste ich, dass er mich musterte. Ich lächelte. „Das war …"

„… spektakulär", beendete er meinen Satz.

Ich wusste nicht, was ich sagen sollte. Ich wusste aber, dass Adam mich an einen neuen Ort gebracht hatte, doch ich hatte keine Ahnung, ob er die gleiche Reise gemacht hatte. Ich wollte ihn fragen, ob es wirklich gut für ihn war, aber meine innere Unsicherheit hielt mich davon ab. Adam hatte viel mehr Erfahrung als ich. Alle seine Ex-Freundinnen waren groß, blond und umwerfend. Wie konnte ich jemals mit ihnen konkurrieren?

„Du machst ein nachdenkliches Gesicht", sagte Adam.

Wie konnte ich ihn fragen, ohne dabei zu klingeln, wie eine emotional bedürftige Frau, die verzweifelt Bestätigung suchte? „War es … war es für dich tatsächlich auch gut?"

„Was ist das für eine Frage? Ist dir nicht aufgefallen, wie gut unsere Körper zusammenpassen?", fragte er.

Verlegen ließ ich den Blick sinken. „Doch."

Er hob sanft mein Kinn an, damit ich ihn ansah. „Es war perfekt, du bist perfekt. Es war leidenschaftlicher, als ich es mir je hätte vorstellen können", sagte er und küsst mich sanft. „Glaub bloß nicht, dass ich für heute Nacht schon mit dir fertig bin."

„Ich weiß nicht, ob ich noch viel mehr verkraften kann", erwiderte ich und versuchte mich aus dem Bett zu rollen. Bevor ich mich bewegen konnte, eroberte er meinen Mund mit einem heißen, hungrigen Kuss. Ich hatte gedacht, ich könnte nicht mehr. Doch sein Kuss erwachte mein Verlangen nach ihm. Adam presste sich gegen mich, erfüllte mich. Mein Körper erschauerte unter ihm. Ich konnte nur seinen Namen stöhnen, als er mich zu einem überwältigen Höhepunkt brachte. Er brach über mir zusammen und ich spürte seinen zitternden, heißen Atem an meinem Hals. Als er von mir runterrollte, schmerzte meine Körper, aber fühlte sich herrlich an.

Es war längst nach Mitternacht, als ich erschöpft und glücklich einschlief.

Stunden später wachte ich auf. Allein.

Ich wusste, ich sollte nicht enttäuscht sein, dass er nicht neben mir lag, nicht mit mir aufwachte. So würde es nicht zwischen uns sein. Unsere Beziehung war rein körperlich. Ich wusste das und hatte es akzeptiert.

Seufzend schüttelte ich den Kopf und rief mir in Erinnerung, welche Art von Ehe ich mit Adam führte. Unsere Ehe erfüllte für einen klar abgegrenzten Zeitraum seine Bedürfnisse.

Der Gedanke daran, dass unsere Beziehung ein vorausgeplantes Ende hatte, gab mir einen Stich.

Ich rieb mir müde die Augen und zwang mich aufzustehen. „Besser, verliebst du dich nicht in ihn", murmelte ich vor mich hin. Ich glitt aus dem Bett und zog mir meinen Bademantel über.

Ich bin mit offenen Augen in diese Affäre gegangen und habe absolute Kontrolle über meine Gefühle. Wiederholte ich, während ich das Frühstück machte.

Kapitel Vierzehn

Adam

Es hatte mich meine ganze Willenskraft gekostet, Thalias Bett zu verlassen. Ich zog meine Hose an und ging in mein Arbeitszimmer. Fast wäre ich in dem warmen Bett liegen geblieben, neben ihrem warmen Körper, der sich an mich geschmiegt hatte.

Nachdem Thalia eingeschlafen war, lag ich noch eine Weile da und betrachtete sie. Himmel, sie war so toll anzusehen. Sie war total zerzaust, erhitzt und wunderschön.

Ich hatte geahnt, dass sie eine leidenschaftliche Frau war. Schon seit Tagen versuchte ich, mir auszumalen, wie sie wohl im Bett sein würde. Keine meiner Fantasien war der Wirklichkeit nahegekommen. Sie hatte mich total überwältigt. Ich spürte, wie sie sich mir absolut hingegeben hatte. Unter mir lag sie wie warmes Wachs, nachdem die Leidenschaft abgeebbt war. Ihre Haut war seidig und ihr Haar duftete nach Blumen.

Wie miteinander verschmolzen lagen wir da. Ich wollte ewig so liegen bleiben. Aber ich konnte nicht. Ich schlief niemals mit einer Frau im selben Bett. Es war eine Grundregel, die ich für mich festgelegt hatte.

Ich wollte Thalia nicht verletzen, indem ich ihr falsche Hoffnungen gab. Ich war nicht in der Lage, zu lieben. Mein Herz war schon seit langem versteinert.

Es durften keine gefährlichen Gefühle ins Spiel kommen. Ich wollte nicht zulassen, dass sich die Dinge zwischen uns in diese Richtung entwickelten.

Als ich mein Büro verließ, grübelte ich nicht mehr.

Thalia gehört mir ein ganzes Jahr lang. Das sollte lang genug sein.

Am nächsten Morgen stieg der Geruch von frisch gebrühtem Kaffee in meine Nase und führte mich in die Küche.

Thalia stand am Küchenfenster und telefonierte. Gerade, als ich die Küche betrat, beendete sie das Gespräch. „Tschüss mein Schatz, ich liebe dich", sagte sie und legte auf.

Sie wandte sich zu mir und lächelte mich an. „Das war Timo. Ich wollte ihn anrufen, bevor er zur Schule geht." Sie schenkte mir eine Tasse von dem gerade durchgelaufenen Kaffee ein.

„Wie geht's ihm?"

„Gut. Er lässt dich grüßen."

„Wird Timo ein Problem mit unserer neuen Situation haben?" Ich wollte wissen, wie es weitergehen wüde, wenn wir nach Seattle zurückkehrten.

„Was meinst du damit?", runzelte sie die Stirn.

„Ich meine, wäre ich in der Lage, das zu tun?", fragte ich. Dann griff ich nach ihr, zog sie an mich und küsste sie gierig.

Doch bevor der Kuss zu etwas mehr führen konnte, löste sie ihre Lippen von meinem Mund. „Ähm, ich weiß nicht. Ich habe das noch nie getan."

„Wie kam es dann dazu, dass du einen Sohn hast?", grinste ich.

„Ich ...ich meine, ich habe noch nie eine Affäre gehabt." Ihre Stimme klang gefasst, auch wenn sie nach wie vor den Käse in die Eier rieb. „Jeff war für mich der erste Mann. Und zwischen ihm und dir hat es keinen anderen gegeben."

Ich konnte kaum glauben, was ich hörte. „Warum nicht?"

„Ich habe einen Sohn", sagte sie, wandte sich dem Herd zu und gab die Eier in die Pfanne.

„Du hast ein fantastisches Kind, Thalia. Aber das ist nicht die richtige Antwort."

Thalia servierte die Eier sehr behutsam, während sie ihre Worte wählte. „Ich bin nicht gut in solchen Dingen. Ich weiß, dass ich nicht sexy oder verführerisch bin. Ich wollte nicht noch mal versagen."

Ich setzte mich und wartete, bis Thalia den Platz mir gegenüber einnahm. „Er muss dir übel zugesetzt haben", raunte ich. „Du bist eine wunderschöne, begehrenswerte Frau. Wie konnte er dich vom Gegenteil überzeugen? Was hat er mit dir gemacht?"

Thalia hielt meinem Blick nur kurz stand, dann schaute sie weg. „Lass es gut sein, bitte."

Ich wollte sie nicht drängen. Denn sie sah zerbrechlich und verletzlich aus. Und das gefiel mir ganz und gar nicht.

Wir aßen ein paar Minuten lang schweigend. Thalia war in Gedanken versunken, während sie in ihrem Essen herumstocherte.

Nach einer Weile brach ich das Schweigen. „Ich glaube, ich muss dir etwas gestehen." Ich wartete, bis sie zu mir schaute. „Ich habe dein Portfolio gesehen."

Thalia sah mich überrascht an. „Echt? Wann?"

„Sobald du mein Büro verlassen hast. Du hast Talent. Deine Designs haben mich umgehauen."

Thalia senkte den Kopf, um meinem Blick auszuweichen. „Aber …aber du hast gesagt, dass du keine Zeit hattest, sie dir anzusehen."

Ich zuckte mit den Schultern. „Ich habe gelogen."

„Aber warum?"

„Weil ich wollte, dass du mein Angebot annimmst. Und es hat funktioniert."

Jetzt lächelte sie breit. „Bekommst du immer, was du willst?"

„Immer. Und weißt du, was ich jetzt will?", fragte ich und sah ihr direkt in die Augen.

„Was denn?", fragte sie leise.

Ich stand auf, beugte mich zu ihr und hob sie hoch. Thalia schrie überrascht auf, aber sie wehrte sich nicht, sondern klammerte sich an meine Schultern, um nicht das Gleichgewicht zu verlieren.

„Ich will dich."

„Adam! Was machst du da?"

„Dich ins Bett bringen", sagte ich und steuerte auf ihr Schlafzimmer zu.

Als ich sie auf das Bett fallen ließ, wollte sie widersprechen. Aber ich presste meine Lippen auf ihre und erstickte jede Widerrede mit meinem Kuss.

Wieder bekam ich das, was ich wollte.

***

Die nächsten paar Tage vergingen wie im Flug. Mein Terminplan war voll mit Besprechungen. Es machte Thalia nichts aus, dass ich viel Arbeit hatte. Sie begleitete mich zu drei Geschäftsessen, alle verliefen reibungslos. Thalia war die perfekte Begleiterin, sie war witzig, charmant und intelligent. Die Nächte verbrachten wir miteinander, bis ich ihr Zimmer verließ und mich in mein eigenes Bett zurückzog. Obwohl ich nicht genug Schlaf bekam, war ich bei bester Laune. Wahrscheinlich lag es an dem heißen Sex, den ich diese Woche hatte.

Am Donnerstag hatte ich eine Besprechung mit meinem Vater. Nachdem wir das Geschäftliche besprochen hatten, lehnte er sich zurück und sah mich an. „Also du schläfst mit Thalia. Ich wusste, dass du die Finger nicht von ihr lassen kannst."

Ich zog eine Augenbraue hoch. „Woher willst das wissen?"

Mein Vater lachte laut. „Es steht dir ins Gesicht geschrieben."

Es war sinnlos, es zu bestreiten. Mein Vater kannte mich zu gut. „Wir sind beide erwachsen und finden einander ziemlich anziehend. Eine einjährige Affäre ist nicht so schlimm."

„Gib ihr eine Chance, Adam. Sie könnte dich glücklich machen."

Ich schüttelte schnell den Kopf. „Das kann ich nicht, Dad. Du weißt sehr gut, warum."

„Thalia ist nicht Sharon", meinte mein Vater. „Sie ist auch nicht wie deine Mutter."

„Ich weiß, Dad. Ich bin nicht so dumm zu glauben, dass alle Frauen Lügnerinnen und Betrügerinnen wären. Trotzdem will ich mich nicht auf so was einlassen."

Mein Vater war nicht überzeugt, aber er widersprach mir nicht. Er warf einen Blick auf seine Uhr und stand auf. „Ich muss jetzt los. Wir sehen uns morgen beim Wohltätigkeitsball."

„Ich bringe dich raus."

„Nicht nötig."

Er wandte sich zum Gehen. „Tu dir einen Gefallen", sagte er. „Lass deine Vergangenheit nicht deine Zukunft bestimmen."

Als mein Vater gegangen war, atmete ich tief durch. *Ich kann die Vergangenheit nicht ändern. Leider kann ich sie auch nicht vergessen.*

Es gab keinen Grund zur Sorge. Thalia war nicht auf der Suche nach der großen Liebe. Sie verlangte gar nicht mehr als Leidenschaft und Spaß. Ihr war völlig klar, dass dieses Arrangement zwischen uns zeitlich begrenzt war.

***

Thalia saß im Wohnzimmer und arbeitete an ihrem Laptop, als ich hereinkam. Sobald sie meine Anwesenheit bemerkte, hob sie den Kopf. „Du bist früh zu Hause", sagte sie, und ihre Stimme klang besorgt. „Stimmt etwas nicht?"

„Nur Kopfschmerzen, nichts Ernstes", sagte ich, als ich mich auf das Sofa neben sie setzte. Sie fuhr ihren Computer runter, wandte sich mir zu und schaute mich an. „Du siehst müde aus. Lass uns heute zu Hause bleiben", schlug sie vor.

Die ganze Woche hatte Thalia mich zu meinen Geschäftsessen begleitet. Ich wollte mich revanchieren, indem ich uns einen Tisch in einem noblen französischen Restaurant reserviert hatte. „Aber wir haben Dinner Pläne."

„Sag sie ab."

Mir war nicht nach Ausgehen zumute. Aber ich wollte sie nicht enttäuschen. „Wirst du nicht sauer sein?", fragte ich und sah ihr in die Augen.

Einen Moment lang hielt sie meinem Blick stand. „Wieso sollte ich deswegen sauer sein?"

„Wir hatten bisher noch keine Gelegenheit, nur zu zweit auszugehen." Abschätzend betrachtete ich sie, um mich davon zu überzeugen, dass sie nicht verärgert war. „Jede andere Frau würde enttäuscht und verärgert sein."

„Ich bin anders als andere Frauen", sagte sie und berührte meine Wange, bevor sie aufstand. „Warum gehst du nicht duschen und dich umziehen, während ich mich um das Abendessen kümmere!"

Sie hatte recht; Thalia war doch anders als die anderen.

84

Kapitel Fünfzehn

Thalia

Ich war überrascht, als Adams Vater Richard mich heute Morgen anrief. Er wollte sich mit mir treffen. Ich wusste, dass er gestern in New York angekommen war. Dennoch war ich neugierig, denn wir würden uns heute Abend ohnehin beim Wohltätigkeitsball sehen.

„Was könnte so dringend sein?", fragte ich mich auf dem Weg zu seinem Hotel.

Als ich durch die Drehtür ging und die Hotellobby betrat, bemerkte ich Richard. Selbst wenn ich ihn nicht vorher gesehen hätte, hätte ich ihn erkannt. Die Ähnlichkeit zwischen ihm und Adam war nicht zu übersehen.

Als er mich sah, eilte er sich auf mich zu. „Thalia. Wie geht es Ihnen?"

„Ganz gut. Danke."

„Vielen Dank, dass Sie sich Zeit für mich genommen haben."

„Ihre Stimme hat am Telefon so ernst geklungen. Ist alles in Ordnung?", fragte ich ein bisschen besorgt.

„Alles bestens, keine Sorge. Komm, lass uns eine Tasse Kaffee zusammen trinken", sagte er.

Wir nahmen den Aufzug zum Café im obersten Stockwerk. Es war albern, nervös zu sein. Aber ich hatte keine Ahnung, was Richard mit mir besprechen wollte. Und es machte mich nervös.

„Hier gibt es guten Kaffee und den besten Kuchen. Ich nehme ein Stück Kuchen", sagte er, nachdem wir uns an einen freien Tisch gesetzt hatten.

„Nur Kaffee", sagte ich, als der Kellner sich unserem Tisch näherte, um unsere Bestellung entgegenzunehmen.

Richard lehnte sich zurück. „Bestimmt fragen Sie sich, warum ich Sie sehen wollte."

„Eigentlich schon."

Richard sah mir in die Augen. „Ich möchte mit dir über den Vertrag sprechen, den Sie mit meinem Sohn geschlossen haben."

„Tut mir leid, aber ich verstehe nicht ganz, was Sie meinen."

„Adam hat mir alles erzählt. Und es gefällt mir nicht", sagte er.

„Ich glaube nicht, dass Sie das etwas angeht", sagte ich verärgert.

„Adam macht mich stolz. Aber er macht mir Sorgen. Sie wissen, wovon ich rede, Sie haben ja einen Sohn."

„Ja, aber Timo ist sechs, und ich bin für ihn verantwortlich."

„Ich kenne meinen Sohn sehr gut. Adam braucht Sie. Aber er ist zu eigensinnig und vielleicht auch zu verunsichert, um das zuzugeben", sagte Richard, während der Kellner den Kaffee und Kuchen servierte. „So glücklich habe ich ihn noch nie gesehen."

Ich zögerte einen Moment, dann sagte ich lächelnd. „Es schmeichelt mir, dass Sie das denken."

„Ich glaube, dass Ihnen etwas an ihm liegt. Sonst hätten Sie sich nicht auf ihn eingelassen." Richard griff nach seinem Kaffee und trank, während er meinem Blick standhielt.

Ich antwortete erst nach ein paar Sekunden. „Das ist nicht der Punkt. Adam und ich haben eine Vereinbarung getroffen. Unsere Beziehung ist zeitlich begrenzt."

„In einem Jahr kann so viel passieren!", meinte er. „Ich möchte Ihnen eine Geschichte erzählen."

„Richard, Sie sollten mir nichts erzählen, wovon Adam nicht will, dass ich es erfahre."

„Ich erzähle es Ihnen, weil ich glaube, dass Adam Ihnen wichtig ist."

Ich sagte nichts und nickte nur.

Richard fing an, zu reden. „Im Gegensatz zu mir wollte Pamela, Adams Mutter, keine Kinder haben. Sie brachte Adam zur Welt und übergab ihn sofort dem Kindermädchen. Sie hatte ihr Leben und ihre Affären und um Adam kümmerte sie sich überhaupt nicht."

Ich wusste nicht, was ich sagen sollte, also hatte ich ihn nur mitfühlend angeschaut.

Richard nahm einen Schluck Kaffee und fuhr fort. „Sie blieb mit uns nur wegen des Geldes. Als sie etwas Besseres gefunden hatte, verließ sie uns ohne mit der Wimper zu zucken. Adam war gerade mal vier, als wir uns scheiden ließen."

Unwillkürlich nahm ich seine Hand und hielt sie fest. „Ich kann mir vorstellen, dass das nicht leicht war."

Richard lächelte mich warm an. „Ich kann nicht behaupten, dass es leicht war. Sie wissen ja, wie das ist. Aber Adam hat mir immer Freude bereitet."

Mir stiegen Tränen in die Augen. Ich nickte und musste an Timo denken. „Ja."

„Sie sind eine gute Mutter", sagte er. „Adam wäre auch ein guter Vater gewesen."

Ich hob den Kopf. „Was meinen Sie damit?"

„Adam war erst vierundzwanzig, als er Sharon kennenlernte. Sie war eine faszinierende Frau. Nach wenigen Wochen war er verrückt nach ihr. Er hatte sich total in sie verliebt. Wochenlang drehte seine Welt sich nur um sie. Er machte ihr Geschenke, kaufte ihr Kleider und ging mit ihr aus. Eines Tages kam sie weinend zu ihm und sagte ihm, sie sei schwanger. Sie war am Anfang ihrer Model-Karriere und wollte das Baby nicht. Sie hatte gedacht, dass Adam ihr diese Unbequemlichkeit aus dem Weg räumte."

„Oh nein!", war alles, was ich sagen konnte.

Richard schüttelte den Kopf und fuhr fort. „Adam wollte das Kind. Er kaufte ihr einen Ring, machte ihr einen Antrag. Sharon nahm seinen Antrag an, aber sie hatte nicht die Absicht, ihn zu heiraten. Adam war zwar reich, aber nicht so reich wie jetzt. Und Sharon hatte nur ihren Erfolg im Sinn. Sie konnte sich selber keine Abtreibung leisten. Anstatt ein Brautkleid zu kaufen, nahm sie sein Geld und zahlte für die Abtreibung. Als Adam das herausfand, war er außer sich vor Wut. Sie hatten einen großen Streit. Schließlich sagte sie ihm, dass er nicht der Vater sei."

„Oh mein Gott!", murmelte ich.

„Er war natürlich am Boden zerstört. Er vergrub sich in seine Arbeit und hatte nie wieder eine Beziehung."

„Was Sie mir erzählt haben, hilft mir, Adam besser zu verstehen. Aber Adam und ich führen keine feste Partnerschaft", fügte ich hinzu, bevor er mich unterbrechen konnte. „Ich bin mir nicht sicher, ob ich die Richtige für ihn bin. Ich bin nicht mehr in der Lage, eine Beziehung zu führen."

„Doch, Sie können es. Sie müssen es nur wollen", sagte er und schenkte mir ein warmes Lächeln.

„Für eine Beziehung braucht es immer zwei. Adam ist mit unserem Arrangement zufrieden. Er ist nicht bereit, ein Risiko einzugehen."

„Geben Sie ihm Zeit und seien Sie geduldig. Das ist alles, worum ich Sie bitte." Ich schaute ihn einen Moment nachdenklich an, bevor ich fragte: „Sind Sie sicher, dass ich die Richtige für ihn bin?"

Richard hielt meinem Blick stand. „Ja, ich bin mir sicher."

***

Richards Worte hatten mich völlig durcheinandergebracht. Sie gaben mir Hoffnung. Aber das wollte ich nicht. Ich sollte auf mein Herz aufpassen. Ich konnte nicht zulassen, dass Richard mir einredete, dass das mit Adam und mir mehr wäre, als es in Wirklichkeit war. *Nein, ich will nicht mehr. Was ich jetzt mit Adam habe, reicht mir vollkommen.*

Seufzend schluckte ich die nahende Gefühlswelle hinunter und fing an, mich für den Abend zurechtzumachen.

Ich trug das rote Abendkleid, dass ich am Sonntag gekauft hatte. Das Kleid ließ mit seinem offenen Rücken keinen Platz für einen BH, aber meine Brüste wurden durch den geschickten Schnitt gut gestützt. Ich hatte noch nie etwas getragen, das so erotisch, elegant oder teuer war wie dieses Kleid. Ich konnte mich nicht daran erinnern, wann ich zum letzten Mal so wunderschön aussah. Zum ersten Mal seit langem fühlte ich mich auch so.

Als ich das Wohnzimmer betrat, sah er mich mit einem ehrfürchtigen Ausdruck an. „Wir sollten jetzt los", sagt er mit belegter Stimme. „Sonst gehen wir nirgendwohin."

„Ich schätze, das heißt, dass dir mein Kleid gefällt", grinste ich und genoss es, ihn überrumpelt zu erleben.

Adams Lippen näherten sich gefährlich meinem Mund, dann zog er sich seufzend zurück. Er zog mich an der Hand und führte mich zur Tür. „Wir gehen. Jetzt sofort."

Wir erreichten das Hotel, in dem die Party stattfand. Adam legte mir die Hand ins Kreuz, während wir langsam über den roten Teppich gingen. Als wir an den Eingang gelangten, drehte ich mich um und schenkte den Kameras ein kokettes Lächeln.

Als wir die Party betraten, hatten wir die Aufmerksamkeit aller Anwesenden. Ich war es nicht gewohnt, im Rampenlicht zu stehen. Ich wollte einen Schritt zurücktreten. Doch Adam hielt meine Hand fest und behielt mich an seiner Seite. Er führte mich durch die Menschenmenge und stellte mir alle möglichen Leute vor. Es war nicht so schlimm, wie ich dachte. Immerhin konnte ich mir Kontakte zu potenziellen Neukunden verschaffen.

Obwohl Adam die ganze Zeit über in Gespräche vertieft war, achtete er darauf, dass wir einander stets an irgendeiner Stelle berührten. Er wollte den anderen Männern zeigen, dass wir zusammengehörten.

Nach dem Essen führte Adam mich auf die Tanzfläche. „Komm, lass uns tanzen."

Ich konnte spüren, dass alle Augen auf uns gerichtet waren. Die Männer sahen mich anerkennend an, die Frauen waren eher neidisch.

„Habe ich dir gesagt, dass du umwerfend aussiehst?", sagte er, als er mich im Arm hielt.

„Das hast du schon gesagt."

Adam zuckte leicht die Schultern. „Es stimmt halt. Du bist die schönste Frau in diesem Raum. Alle Augen sind auf dich gerichtet."

Ich schüttelte den Kopf. „Ich glaube, dass jede Frau im Raum mich hasst, weil ich mir den begehrtesten Junggesellen geschnappt habe."

Adam lachte. „Ist das so?"

„Das glaube ich zumindest", grinste ich. „Tja, vielleicht ist es mein Kleid. Es gefällt den Männern."

Adam atmete scharf ein, zog mich fester an sich und sah mir in die Augen. „Aber ich bin der Einzige, der herausfinden wird, was sich unter diesem Wahnsinnskleid befindet."

„Ich wusste, dass ich dieses Kleid nur anziehe, damit du es mir wieder ausziehst. Deshalb ..." Ich lächelte ihn unschuldig an. „Ist darunter auch gar nichts."

Adam schluckte hart und seine Augen verdunkelten sich. „Komm, wir gehen!"

Wir schafften es kaum durch die Tür. Ich riss Adams Jacke herunter, als er mich herumwirbelte. Er presste mich gegen die Wand, seine Lippen bedeckten sofort meine und seine Zunge drängte sich in meinen Mund.

Mein Mund rang mit seinem und ließ nicht von ihm ab, während ich an seinem Hemd zerrte.

„Dieses Kleid hat mich schon den ganzen Abend heiß gemacht", raunte Adam atemlos, als er den Reißverschluss meines Kleides öffnete. Das Kleid landete bald auf dem Boden. Blitzschnell zog Adam seine Anzugshose und Boxer aus.

Mein Verlangen war so überwältigend, dass ich nicht länger warten konnte. Ich stützte mich an der Wand ab und schlang ihm ein Bein um die Taille. Keuchend glitt Adam in mich hinein. Ich rief wieder und wieder seinen Namen, während er immer schneller und tiefer in mich stieß. Wir kamen fast gleichzeitig.

„Ich glaube, du hast mir alle andren Frauen verdorben", murmelte er und legte seine Stirn an meine.

Völlig überwältigt und benommen, lehnte ich mich atemlos gegen die Wand und dachte.

Adam gehört mir zumindest für die nächsten zwölf Monate.

91

Kapitel Sechzehn

Thalia

Acht Monate, dachte ich, als ich mich an meinen Schreibtisch setzte. Ich konnte nicht glauben, wie schnell die Zeit verging. Mein Leben hatte sich verändert, seitdem wir aus New York zurückkamen. Adam hatte recht; unsere Ehe sorgte für viel Wirbel. Wochenlang waren unsere Fotos auf den Titelseiten der wichtigsten Magazine zu sehen. Die Presse brachte ihn nicht mehr mit seiner ehemaligen Verlobten in Verbindung.

Adam bekam, was er von unserer Ehe wollte. Der Wert seiner Aktien stieg und er gewann das Vertrauen der Aktionäre. Allerdings war er nicht der Einzige, der von unserem Arrangement profitierte. Ich hatte auch profitiert. Dank der Aufmerksamkeit erwarb ich neue Kunden.

Am Anfang wollten die Meisten meine Agentur nutzen, weil ich Adams Grant Frau war. Aber nach einer Weile genoss meine Agentur einen guten Ruf und ich gewann mehr Kunden. Mit all den neuen Aufträgen musste ich expandieren. Vor sechs Monaten hatte ich eine Assistentin, zwei weitere Designer eingestellt und drei Büroräume in Adams Gebäudes gemietet.

Jetzt arbeiteten wir im selben Gebäude. Wir machen immer gemeinsam Mittagspause. Manchmal gingen wir zusammen was essen, aber meistens verbrachten wir die Zeit in seinem Büro.

Gemeinsam zu Mittag zu essen im Büro hieß bei Adam etwas anderes. Wir hatten es überall dort getrieben, auf seinem Schreibtisch, auf der Couch, sogar auf dem Boden. Seine Angestellten bemerkten natürlich, was wir in der Mittagspause machten. Letzte Woche hörte ich zwei von ihnen auf der Damentoilette über uns lästern. Sie wussten nicht, dass ich da war. Als sie mich sahen, waren sie verlegen und beschämt. Es hatte mich nicht gestört, ich sah ihnen in die Augen und schenkte ihnen ein amüsiertes Lächeln. Das war die neue Thalia. Die alte Thalia wäre weinend davongelaufen und hätte tagelang alle gemieden.

Mir gefiel die neue Version meiner selbst viel besser. Ich war selbstbewusster geworden. Adam hatte mich verändert. Er vermittelte mir das Gefühl, etwas ganz Besonderes zu sein; die einzige Frau auf der Welt, mit der er zusammen sein wollte. In seiner Gegenwart kam ich mir intelligent, interessant und sexy vor, und das hatte ich bisher noch nie erlebt.

Mein Exmann Jeff hatte mich davon überzeugt, dass ich langweilig, öde und in jeder Hinsicht durchschnittlich war. Obwohl ich seit Jahren geschieden war, war ich bis vor kurzem davon überzeugt, dass Jeff in Bezug auf mich recht hatte. Adam ließ mich das ändern.

Ich fuhr meinen Computer hoch und fing an, Papierkram aufzuarbeiten. Die täglichen verlängerten Mittagspausen hatten dazu geführt, dass ich ein wenig im Rückstand war. Heute würde ich keine Mittagspause machen, denn ich musste Liv beim Umzug helfen.

Kurz vor eins fuhr ich meinen Computer wieder runter. Ich packte schnell meine Aktentasche und wollte gehen, als es an der

Tür klopfte und Adam herein kam. „Adam! Was machst du hier?", fragte ich und stand auf. „Ich wollte gerade gehen." „Ich wollte dich kurz noch erwischen, bevor du gehst", sagte er.

„Wieso? Du weißt schon, dass ich zu Liv fahren muss." Adam schloss die Tür und drehte den Schlüssel im Schloss um. Seine Lippen verzogen sich zu einem wölfischen Lächeln. „Du kannst doch wohl zehn Minuten warten."

Ich schüttelte den Kopf, weil ich ahnte, was er vorhatte. „Auf gar keinen Fall! Meine Assistentin könnte uns hören."

„Meine hört uns die ganze Zeit", sagte er und kam näher.

Ehe ich protestieren konnte, riss er mich an sich und erstickte meinen Protest mit seinem Mund. Sein Kuss war heiß, drängend und überwältigend.

„Adam! Nein", keuchte ich, als er mich gegen die Tür drückte.

Er ließ seine Hand unter meinen Rock gleiten. Und ich spürte, wie seine Fingerspitzen meine Schenkel streichelten. Mein Atem stockte, als er seine Hand tiefer unter meinen Rock schob. „Ich werde dich genau hier nehmen, gegen diese Tür."

„Das können wir nicht."

„Das können wir doch!", raunte er, während seine Finger in mein Höschen wanderten. Jede Bewegung brachte mich dem Höhepunkt näher. „Adam", stöhnte ich. Mein ganzer Körper stand in Flammen.

Mit leuchtend grünen Augen suchte er meinen Blick. „Sag mir, dass du mich willst."

„Gott. Adam. Ja."

Adam packte meine Schenkel, als er in mich hineinglitt. Heiße Erregung durchzuckte mich, als er schneller und schneller in mich hineinstieß. „Komm für mich, Thalia."

Ich wimmerte und kam sehr heftig. Adam stieß einen heiseren Schrei aus, als er ebenfalls kam.

Ich lehnte mich atemlos gegen die Tür und spürte, wie Adams schwerer Atem über meinen Nacken wehte, als er die Stirn an meine legte.

„Ich weiß nicht, wie ich hier wieder arbeiten kann", murmelte ich benommen.

„Geschieht dir recht. Ich kann nicht mein Büro betreten, ohne an dich zu denken", sagte er und begann meine Bluse zuzuknöpfen.

Ich versuchte, meinen Rock glattzustreichen. „Wegen dir werde ich jetzt zu spät kommen. Liv und Tessa werden mich umbringen."

„Sag ihnen, ich habe dich aufgehalten. Den Rest werden sie sich selber zusammenreimen", grinste er und steckte sein Hemd wieder in seine Hose.

„Na schön, du hast dafür gesorgt, dass wir reichlich Gesprächsstoff haben werden", grinste ich ihn boshaft an.

Adam lachte. „Freut mich, dass ich helfen konnte."

Ich schloss die Tür auf und öffnete sie einen Spalt. Erleichtert, dass niemand draußen war, schubste ich ihn aus der Tür. „Geh jetzt."

Adam schüttelte den Kopf, packte mich und presste seinen Mund auf meinen.

„Adam! Hör auf!"

„Okay, bin schon weg", sagte er, während ich ihm einen letzten Schubs gab.

***

95

Auf der Fahrt dachte ich an Liv und ihre Scheidung. Ich fühlte mich schrecklich, weil ich in den letzten Monaten nicht für sie da war. Ich lebte in meiner eigenen Blase.

Ich war mir sicher, dass es ihr ohne Peter, ihrem Exmann besser ging. Aber sie litt immer noch unter der Trennung. Sie waren fünf Jahre lang verheiratet und lebten vorher zwei Jahre zusammen.

Liv sprach nicht gern über ihre Scheidung. Aber von dem, was sie uns erzählt hatte, hatte ich herausgefunden, dass sie das kommen sah. Sie vermutete, dass Peter monatelang eine Affäre hatte. Sie ließ sich erst scheiden, als sie ihn mit einer anderen Frau in seinem Büro erwischt hatte. Das war vor sieben Monaten und ihre Scheidung wurde letzte Woche vollzogen.

Peter nahm das Haus. Liv wollte es ohnehin nicht. Sie sagte, dass sie dort nicht mehr leben konnte.

Werde ich auch nach meiner Scheidung noch einmal von vorne anfangen können? Dachte ich.

Der Gedanke daran, dass ich Adam verlassen würde, versaß mir einen Stich. Es war jedoch unvermeidlich. Meine Zeit mit Adam war begrenzt und ich wusste das von Anfang an. Ich kann mich jetzt nicht beschweren. Ich hatte nicht geplant, mich in ihn zu verlieben.

Unser Vertrag war für alles vorgesehen ... außer sich zu verlieben.

Kapitel Siebzehn

Thalia

Als ich in Olivias altem Haus ankam, fand ich dort nur Tessas Auto. Ich parkte meinen Wagen hinter ihrem Auto, das in der Auffahrt stand.

Ich ging hinein, um zu sehen, wie ich helfen konnte. Tessa beschriftete gerade die Umzugskartons. „Hey, du bist spät dran."

„Äh ... ich wurde aufgehalten", sagte ich verlegen.

„Hm, das kann ich mir gut vorstellen", grinste sie. „Du siehst aus wie eine Frau, die gerade Sex hatte."

„Fang ja nicht damit an, Tessa! Wir wollen hier fertig werden."

„Na schön, komm, lass uns die Umzugskartons ins Auto schleppen", sagte Tessa.

„Wo ist Liv?", fragte ich, als ich einen Karton nach draußen trug.

„Sie hat ihr Auto voll beladen und ist zu ihrer neuen Wohnung gefahren. Sie wartet dort auf uns", erklärte Tessa.

Wir arbeiteten eine Weile schweigend weiter, dann fragte ich: „Wie geht es Liv eigentlich?"

„Tja, du kennst Liv eben. Sie ist gut darin, ihre Gefühle zu verbergen. Aber sie wird über ihn hinwegkommen", zuckte sie mit den Achseln.

„Du hast ihn nie gemocht", bemerkte ich.

„Du hattest auch nie viel für ihn übrig."

Ich musterte sie einen Moment lang, dann sagte ich: „Er hat dich angebaggert, nicht wahr?"

„Ja, gleich nach Seths Tod. Woher wusstest du das? Ich habe niemandem davon erzählt", sagte sie und ihre Augen waren voller Tränen. Obwohl Seth ihr Verlobter vor fast drei Jahren ums Leben gekommen war, hatte sie seinen Tod bis heute noch nicht verarbeitet.

Ich klopfte ihr auf die Schulter. „Er hat dasselbe mit mir gemacht."

„Was? Wann?", fragte sie überrascht.

„Gleich nach meiner Scheidung", sagte ich. „Peter dachte, es sei besonders aufregend, die drei Schwestern zu haben."

Tessa lachte. „Warte mal! Gleich nach deiner Scheidung, sie waren damals noch nicht verheiratet. Warum hast du es Liv nicht gesagt?", fragte sie.

„Liv war verrückt nach ihm. Sie hatte eine schwere Zeit, nachdem sie mit Jason Schluss gemacht hatte. Ich wollte ihr nicht wehtun", sagte ich einfach. „Apropos Jason, wirst du ihn nächste Woche sehen?"

Tessa nickte. „Du weißt, dass ich Thanksgiving mit den Hamiltons verbringen muss."

Ich wusste ehrlich gesagt nicht warum, aber ich hatte ihr das nicht erzählt. Ich lächelte sie nur an.

Tessa und Seth verbrachten immer Thanksgiving mit seiner Familie und Weihnachten mit ihrer. Nachdem er gestorben war, setzte Tessa die Tradition fort. Allerdings bedeutete das, dass sie Aron und Jason, Seths ältere Brüder, jedes Jahr sehen musste.

Sie studierten zusammen in Harvard. Die Hamilton-Brüder, Olivia und Tessa, Jason und Aron studierten Jura und Wirtschaft. Die beiden waren ein paar Jahre älter als Seth und meine

Schwestern. Eine Zeit lang war es die Hamilton-Jungs und die Jones-Mädchen. Im Gegensatz zu Seth und Tessa hatte es zwischen Jason und Liv nicht geklappt. Aron war jedoch ein Rätsel. Er hatte nichts gegen Liv, aber er mochte Tessa nie.

Tessas Stimme riss mich aus meinen Gedanken. „Die letzten Kisten sind eingepackt. Lass uns sie in unseren Autos verstauen." Vier Stunden später hatten wir die meisten Kartons ausgepackt. Als wir fertig waren, waren die Küche, das Wohnzimmer und Livs Schlafzimmer eingerichtet. Liv meinte, dass sie den Rest alleine schaffen würde.

Nachdem wir unsere Arbeit erledigt hatten, hatten wir es uns im Wohnzimmer bequem gemacht und teilten uns eine große Pizza. Wir aßen mit Genuss und unterhielten uns über die verschiedensten Dinge. Dann warf Olivia mir einen neugierigen Blick zu. „Und was läuft zwischen dir und Adam?"

„Ich möchte zuerst wissen, wie es dir eigentlich geht", versuchte ich das Gespräch umzuleiten.

„Ich habe mir in den letzten Monaten die Augen ausgeweint. Es tut natürlich immer noch weh, aber es geht mir besser", sagte Liv. „Jetzt bist du dran! Also was läuft da wirklich?"

„Komm schon, Tal, spuck's aus!", sagte Tessa.

„Ihr wisst doch, was zwischen uns läuft. Unser Vertrag bleibt weiterhin in Kraft. Aber wir schlafen miteinander. Wollt ihr die Einzelheiten von unseren sexuellen Abenteuern wissen?"

„Ja, das würde ich gern hören. Aber das lassen wir für einen Mädelsabend", schlug Tessa vor.

„Was wollt ihr wissen?"

„Das Offensichtliche, liebst du ihn?", fragte Liv, und Tessa nickte.

Ich musterte die zwei Gesichter um mich herum. Sie sahen mich erwartungsvoll an. „Na gut. Um ehrlich zu sein, ich weiß es nicht. Mir liegt viel an ihm. Aber ihr wisst schon, wie es mit Jeff war. Ich will nicht nochmal verletzt werden."

„Du darfst Jeff nicht als Maßstab nehmen. Er war ein selbstsüchtiger Mistkerl", sagte Tessa.

Liv nickte. „Adam ist nicht Jeff."

„Ich weiß", sagte ich leise. „Adam ist aufmerksam, fürsorglich und charmant. Wenn er seine Milliarden vergisst, kann er wirklich witzig sein. Er gibt mir das Gefühl, begehrenswert und sexy zu sein. Und Timo ...", hielt ich einen Moment inne. „Timo liebt ihn. Ich hätte nicht gedacht, dass Adam sich so großartig mit Timo versteht."

„Wann wirst du es ihm sagen?", fragte Tessa.

„Ihm was sagen?", sah ich sie verwirrt an,

„Dass du ihn liebst", antwortete Liv.

„Wer sagt, dass ich ihn liebe? Das habe ich nicht gesagt."

„Süße, es steht dir ins Gesicht geschrieben. Es hat dich total erwischt", grinste Liv.

Ich schüttelte den Kopf. „Es ist nur Sex. Wir schlafen nicht einmal im selben Bett."

„Nein, du weißt ganz genau, dass es nicht nur Sex ist", ließ Liv nicht locker.

„Ich glaube, dass Adam dich liebt. Er kann seine Finger nicht von dir lassen", sagte Tessa.

„Okay, vielleicht liebe ich ihn. Ich habe auch das Gefühl, er empfindet etwas für mich. Aber Adam will keine Beziehung", sagte ich.

„Also, was wirst du jetzt tun?", wollte Tessa wissen.

„Es gibt nichts, was ich tun kann. Wenn ich Adam sage, dass ich ihn liebe, könnte ich ihn verlieren. Das will ich nicht. Ich werde die Zeit genießen, die uns noch bleibt", sagte ich und schenkte ihnen ein schwaches Lächeln.

„Er wird dich nicht gehen lassen. Er steckt tief drin, aber er weiß noch nicht, wie tief. Gib ihm Zeit und sei geduldig", versicherte Tessa mir.

Ihre Worte erinnerten mich an den Rat, den Richard mir gab, als ich ihn in New York traf.

Zeit und Geduld. Leider hatte ich nicht genug davon.

Kapitel Achtzehn

Adam

Thalia verbrachte die Nacht mit ihren Schwestern, sie hatten es seit Wochen geplant und jedes Mal war etwas dazwischengekommen. Heute Abend hatten alle drei endlich Zeit. Ich sagte ihr, sie sollte gehen und etwas Spaß mit ihren Schwestern haben.

Sie war nicht mehr dieselbe. Jedes Mal, wenn ich sie fragte, was los war, sagte sie immer wieder *Arbeit*. Aber ich glaubte nicht, dass es etwas mit der Arbeit zu tun hatte. Etwas störte sie, das wusste ich.

Ich war auch in letzter Zeit nicht mehr ich selber. Aber ich kannte den Grund dafür. Unser Vertrag endete in weniger als zwei Monaten. Und ich wusste nicht, was ich dagegen tun sollte. Ich war noch nicht bereit, Thalia gehen zu lassen.

Die vergangenen zehn Monate waren die besten meines Lebens. Ich hatte noch nie mit einer Frau gelebt. Und ich hätte nie gedacht, dass der Ehestand mir gefallen würde. Aber mit Thalia war es anders. Sie war unkompliziert, humorvoll und unabhängig. Sie schaffte es immer, mir ein Lächeln aufs Gesicht zu zaubern.

Wir hatten eine reine Zweckehe geschlossen, aber Thalia hatte dafür gesorgt, dass ich mein Junggesellendasein und alle flüchtigen Vergnügungen aufgeben wollte. Und das genau machte mir Angst.

Ich redete mir ein, dass es nur Sex war, was zwischen Thalia und mir lief. Inzwischen wusste ich, dass das nicht der Fall war. Obwohl ich keine Worte fand, die ausdrücken konnten, was Thalia mittlerweile für mich bedeutete, wusste ich, dass ich Gefühle für sie hatte. Ich hatte ständig ein brennendes Verlangen nach ihr. Es ließ nicht nach, ganz gleich, wie viel ich nahm oder wie viel sie mir bereitwillig gab.

Als ich ihr diesen Vertrag anbot, dachte ich, ein Jahr würde lang genug sein. Es war mir nie in den Sinn gekommen, dass ich mehr wollen würde. Wir könnten den Vertrag verlängern. Aber würde Thalia zustimmen? Sie fragte mich nie, was als Nächstes passieren würde, und in letzter Zeit hielt sie Abstand. *Vielleicht empfindet sie nicht das Gleiche. Was, wenn sie die Scheidung wie geplant durchziehen will?*

Ich konnte mir selbst nicht erklären, warum ich bei der Vorstellung, dass Thalia mich verließ, in Panik geriet. Sie war nur für die Nacht weg und ich vermisste sie jetzt schon.

Dann dachte ich an Timo und ich konnte mir auch mein Leben ohne ihn nicht vorstellen. Der Junge war mir ans Herz gewachsen. Ich liebte ihn, als wäre er mein eigener Sohn. Er war ein großartiges Kind, klug und immer fröhlich.

Ich zuckte zusammen, als Timo schrie: „Adam! Ich habe die Zähne geputzt."

„Ich komme gleich, Kumpel", rief ich.

Thalia wollte ihn zu ihren Eltern fahren, damit er die Nacht bei ihnen verbrachte. Aber ich sagte ihr, dass wir beide eine Männernacht haben würden.

Timo war begeistert von der Idee und gab seiner Mutter keine Chance, nein zu sagen. Wir hatten bisher eine tolle Zeit verbracht. Wir hatten zusammen Videospiele gespielt und unser

Abendessen gegessen. Ich ging runter, um eine Pause zu machen und eine Tasse Kaffee zu trinken, als er sich für das Bett fertig machte.

Als ich in sein Zimmer ging, hatte sich Timo bereits umgezogen und wartete auf mich. Er hatte sein Buch allerdings noch nicht geholt.

„Wo ist dein Buch, Kumpel?"

„Ich will nicht, dass du mir heute Abend etwas vorliest. Können wir stattdessen einfach reden?"

Ich war an diese Einführung inzwischen gewöhnt. Es bedeutete, dass wir im Begriff waren, eine Josh-Folge zu haben. Josh-Folgen waren normalerweise interessant, aber manchmal waren sie peinlich wie die Hölle.

„Okay, was hast du denn auf dem Herzen? Hast du ein Problem mit einem Mädchen?", grinste ich und setzte mich auf das Bett neben ihm.

Timo kicherte und schüttelte den Kopf. „Dafür bin ich zu jung."

„Du bist fast sieben, Mann. Und immer noch keine Freundin?", ich sah ihm in die Augen und er grinste. „Nein."

„Wenn wir nicht über Mädchen reden, wörüber dann?", fragte ich und versuchte, ernsthaft zu klingen.

„Babys", sagte er schnell.

Das hatte ich nicht erwartet. Ich wusste nicht, wie Eltern auf diese Art von Themen reagieren. Ich war mir nicht sicher, was Thalia ihm sagen würde. „Ähm ... was ist mit ihnen?"

„Josh wird ein Baby bekommen. Ich will auch eins."

„Josh bekommt ein Baby, ist er nicht zu jung dafür?", scherzte ich.

104

„Nicht er. Seine Mutter bekommt ein Baby. Er wird ein großer Bruder sein und prahlt die ganze Zeit damit. Ich will auch ein großer Bruder sein", erklärte er.

„Willst du ein Baby, um damit angeben zu können?"

„Nein, aber ich will einen kleinen Bruder. Josh bekommt einen Bruder."

„Was ist, wenn du eine kleine Schwester hast?", versuchte ich, ihn zu entmutigen.

„Ich hätte lieber einen Bruder, aber einer Schwester wäre auch nicht schlecht", sagte er und gab mir keine Gelegenheit zu antworten, „Josh sagte, ich sollte dich um eins bitten."

„Ähm ... du weißt, dass Mütter diejenigen sind, die Babys bekommen. Ich denke, du solltest deine Mutter fragen."

„Ja, aber ich habe euch beide küssen sehen, und Joshs Eltern küssen sich auch. Ich dachte, ihr werdet auch ein Baby kriegen."

Ich hoffte, dass er das Thema fallen lassen würde. Aber er sagte etwas, das mich überraschte und gleichzeitig mein Herz mit Freude erfüllte. „Wenn wir ein Baby haben, kannst du auch mein Vater sein."

„Würde dir das gefallen? Möchtest du, dass ich dein Vater werde?" fragte ich vorsichtig.

Timo wisch meinem Blick aus. Doch ich konnte sehen, dass seine Wangen rot wurden. „Wenn ..., wenn es für dich in Ordnung ist?"

Ich legte zwei Finger unter sein Kinn und hob es sanft an. Timo blieb nichts anderes übrig, als mir in die Augen zu schauen. „Nichts würde mich glücklicher oder stolzer machen."

Er schenkte mir ein aufrichtiges Lächeln und umarmte mich. „Echt?"

Ich nickte. „Jetzt ist es Zeit fürs Bett. Wir wollen nicht, dass Mom anruft und dich noch wach findet."

„Okay, gute Nacht, Dad."

„Gute Nacht, Kumpel", sagte ich, gab ihm einen Kuss auf die Stirn und schaltete das Licht aus. Als ich sein Zimmer verließ, war ich glücklich und gerührt.

Timo hatte mich gerade Dad genannt. *Ein Baby. Warum eigentlich nicht?* Vielleicht war das eine gute Idee. Auf diese Weise könnten wir unsere Ehe um ein oder zwei Jahre verlängern.

Ich wollte das mit Thalia teilen. Ohne zu zögern, versuchte ich, sie auf dem Handy zu erreichen. Einen Moment später hörte ich es in ihrem Zimmer klingeln. Ich runzelte die Stirn und ging hinein. Mein Blick fiel auf das perfekt gemachte Bett. Ihr Handy lag dort, auf dem Nachttisch. Sie musste es vergessen haben. Es war allerdings seltsam; denn Thalia vergaß ihr Telefon nie.

Ich war dabei, den Raum zu verlassen, als etwas meine Aufmerksamkeit erregte. Neben ihrem Handy lag ein Schwangerschaftstest. Ich schaute es mir genau an und erstarrte.

Thalia ist schwanger. Warum hat sie es mir nicht gesagt? Was ist, wenn sie das Baby nicht will?

„Nein, Thalia würde das nicht tun", murmelte ich vor mich hin. Aber ich sollte schnell handeln, ich wollte kein Risiko eingehen.

Ich hatte nur einen Gedanken: *Ich darf dieses Baby nicht verlieren.* Ich würde nicht zulassen, dass das nochmal passierte. Schnell nahm ich mein Handy und rief meinen Anwalt an.

Zwei Stunden später lag ein neuer Vertrag auf meinem Schreibtisch. Wahrscheinlich beging ich einen großen Fehler. Aber ich konnte nicht anders.

Kapitel Neunzehn

Thalia

Die ganze Fahrt zu Liv stand ich unter Schock. Wie konnte das bloß sein? Wir waren vorsichtig. Ich hatte den Test dreimal gemacht; ich war definitiv schwanger. Wie hatte das ausgerechnet jetzt passieren können? Jetzt, wo Adam gerade begann, mir zu vertrauen? Was würde er sagen? Was würde er denken? Er hatte mir noch nicht gesagt, dass er mich liebte. Aber ich konnte seine Gefühle an seinen Augen ablesen. Die vergangenen Wochen hatten unsere Beziehung geändert. Es gab viele sanfte Momente und vertrautes Gesten zwischen uns. Ich glaubte, dass es nicht mehr lange dauern würde, bis er mir die Worte sagte, die ich unbedingt hören wollte. Alles würde sich nun ändern.

Ich war mir nicht sicher, wie Adam das aufnehmen würde. Würde das liebevolle Lächeln auf seinem Gesicht sich in Hass verwandeln? Würde er denken, es sei ein Trick gewesen, damit er sich mir gegenüber verpflichtet fühlt?

Ich hatte Angst davor, dass das ganze Vertrauen und der gegenseitige Respekt zwischen uns verschwinden würde, sobald ich ihm von der Schwangerschaft erzählte.

Als Liv mir die Tür öffnete, konnte ich meine Tränen nicht mehr zurückhalten.

„Was ist los?", fragte sie besorgt. „Geht es Timo gut?"

Ich nickte und ging direkt ins Wohnzimmer. Tessa erhob sich rasch und eilte auf mich zu. „Was ist passiert?"

Liv kam und setzte sich zu uns auf die Couch. „Was ist los, Tal?", fragte sie noch einmal.

Ich wischte meine Tränen weg und atmete tief durch. „Ich …ich bin schwanger."

„Gott, du hast mich zu Tode erschreckt", sagte Liv und stieß mir spielerisch mit dem Ellenbogen in die Seite. „Herzlichen Glückwunsch."

„Aber wir waren vorsichtig", murmelte ich.

„Wie habt ihr verhütet?", fragte Tessa.

„Mit Kondomen."

„Bei Kondomen liegt Schwangerschaftsrate bei zwei Prozent, auch wenn man sie jedes einzelne Mal benutzt", sagte Tessa.

„Wir haben nie …", hielt ich plötzlich inne. Ich wollte sagen, dass wir es nie vergessen hatten, aber dann wurde mir klar, dass es nicht ganz richtig war. Wir hatten es einmal vergessen. Es war an Heiligabend, als ich die sexy Dessous trug, die ich extra für den Anlass gekauft hatte. Ich musste lächeln, als ich an diese Nacht dachte.

„Von dem Blick auf deinem Gesicht kann ich wohl deuten, dass ihr doch nicht so vorsichtig wart", grinste Tessa.

„Aber es war nur einmal", sagte ich benommen.

Beide schauten mich amüsiert an. „Einmal reicht vollkommen aus. Hast du das nicht in der Schule gelernt?"

„Hast du es Adam gesagt?", fragte Tessa.

Ich schüttelte den Kopf. „Nein."

„Wann wirst du es tun?"

„Ich weiß nicht, aber bald", sagte ich seufzend.

Nach ein paar Augenblicken brach Liv das Schweigen: „Ich weiß, dass du das nicht geplant hast, aber vielleicht ist diese Schwangerschaft ein Zeichen für einen Neuanfang."

„Was ... was, wenn er das Baby nicht will", dachte ich laut.

„Du hast es schon einmal alleine geschafft. Du wirst es bestimmt wieder schaffen", sagte Liv.

„Adam ist nicht Jeff, Tal. Er wird dich nicht im Stich lassen", fügte Tessa hinzu.

„Ich weiß, aber selbst, wenn er das Baby nicht will, werde ich es alleine schaffen", murmelte ich und legte meine Hand auf meinen Bauch. „Gott, ich bekomme ein Baby."

Als der erste Schock vorbei war, wurde mir klar, dass ich dieses Baby wollte. Vielleicht war es nicht Teil unseres Plans, aber es wurde zumindest von meiner Seite aus aus Liebe erzeugt.

„Ich habe überreagiert. Es tut mir leid. Ich wollte nicht unseren Mädelsabend ruinieren."

„Das ist normal. Die Schwangerschaft macht dich emotionaler", sagte Tessa und schenkte mir ein ermutigendes Lächeln. „Du stehest unter Schock, aber du wirst dich an die neue Situation gewöhnen. Egal was auf dich zugekommen ist, du hast dich immer angepasst."

Ich schenkte beiden ein schwaches Lächeln. „Danke."

„Außerdem ist die Nacht noch nicht vorbei. Geh und zieh dich um, damit wir anfangen können", sagte Liv.

Wie versprochen hatte Liv alles im Wohnzimmer für unseren Mädelsabend eingerichtet. Wir saßen in Livs Wohnzimmer rum, aßen, tranken und lachten. Sie schafften es, mich von meinen Gedanken abzulenken.

„Aber jetzt können wir Thalia nicht betrunken machen und sie dazu bringen, uns von ihren sexuellen Abenteuern zu erzählen", beschwerte sich Tessa und leerte ihr Weinglas. Ich konnte sehen, dass es nicht ihr erstes war. Ich glaubte, dass es nicht viel länger brauchte, bis sie betrunken wurde.

„Ich muss nicht betrunken sein, um euch das zu erzählen. Welche Variante wollt ihr hören? Die wilde und schnelle Variante oder die zarte und langsame?", grinste ich.

„Jetzt wird sie prahlen. Ich würde die erste Variante gerne hören. Ich kann mich nicht dran erinnern, wann ich das letzte Mal diese Art von Sex hatte", sagte Liv.

„Ich nehme an, dass Peter ein Gewohnheitsmensch war und im Schlafzimmer keine Fantasie hatte", bemerkte Tessa.

„Wir fangen jetzt nicht davon an", Liv gab ihr einen warnenden Blick.

Tessa ignorierte sie und fuhr fort: „Mir ist nicht an einer detaillierten Beschreibung von Peters Fähigkeiten in der Kiste gelegen. Ich denke, er hat es voll bekleidet getrieben."

„Tess!" Ich wollte, dass sie aufhört. Das Letzte, was ich wollte, war, Liv zu verärgern. Aber Tessa hat den Hinweis nicht verstanden.

„Du weißt, dass Peter mich so sehr an Aron erinnert. Ich kann mir keinen von ihnen nackt vorstellen."

Zu meiner Überraschung war Liv nicht verärgert. Sie war eher amüsiert. „Warum willst du dir die Beiden nackt vorstellen?", fragte Liv.

„Will ich doch garnicht. Ihr wisst schon, dass ich ihn hasse", sagte Tessa.

„Wen? Und wie viel hast du getrunken?", fragte ich.

„Aron Hamilton, wen sonst? Und ich bin nicht betrunken." Sie war noch nicht betrunken, aber sie war auf dem besten Weg dorthin. Tessa sprach nie über ihre Emotionen.

„Hast du ihn in letzter Zeit gesehen?", wollte Liv wissen.

„Ja, ich wurde letzte Woche auf eine Party eingeladen und er war auch dort. Er kritisierte mein Kleid, meinen Lebensstil und sagte mir, dass mein unverantwortliches Verhalten sein Familienbild beeinflusste. Ich habe ihm nur gesagt, er soll zur Hölle fahren und die Party früher verlassen", sagte sie.

Liv und ich tauschten besorgte Blicke aus. Es gefällt uns auch nicht, wie Tessa nach Seths Tod lebte.

„Er liegt nicht ganz falsch. Du kannst nicht mehr so leben, wie du es tust, es ist gefährlich", sagte ich und drückte ihre Hand.

„Was an der Art und Weise, wie ich lebe, ist falsch? Ich interessiere mich nicht für Beziehungen. Wenn ich Sex haben will, gehe ich in eine Bar oder Club um einen One-Night-Stand zu finden. Ich habe keine Zeit oder Energie für etwas anderes. Außerdem mache ich das nicht so oft", erklärte sie.

„Seth war deine erste Liebe, Süße. Eines Tages wirst du die Liebe wiederfinden, aber du solltest dir selbst eine Chance dazu geben", sagte ich.

Sie schüttelte den Kopf und eine Traurigkeit umgab sie wie ein Mantel. „Seth war meine erste und letzte Liebe. Ich werde mich nie wieder fallen lassen."

Ich zog sie an mich und hielt sie fest umarmt. „Es ist lange her, Tess. Das Leben geht weiter."

Liv und ich tauschten einen langen Blick aus, ehe wir das Thema wechselten.

Zum Einschlafen schauten wir uns einen Film an und beendeten somit den Abend.

Später in dieser Nacht dachte ich viel an Tessa. Ich hasste die Tatsache, dass sie immer noch Schmerzen hatte und dass ich nichts dagegen tun konnte. Sie und Seth waren so sehr ineinander verliebt. Es war nicht fair, dass sie ihn so verlieren musste. Aber das Leben musste weiter gehen und sie sollte wieder leben.

Am nächsten Morgen wachte ich mit Morgenübelkeit auf und ich erkannte, dass die Konfrontation mit Adam unvermeidlich war.

Kapitel Zwanzig

Adam

Die halbe Nacht hatte ich mich hin und her gewälzt. Thalias Schwangerschaft brachte mich durcheinander. Wenn ich kein Mistkerl wäre, würde ich Thalia sagen, dass ich sie liebte. Ich würde sie bitten, für immer bei mir zu bleiben. Aber ich war ein Mistkerl. Ich musste alles in meinem Leben fest im Griff haben. Deshalb ließ ich meinem Anwalt einen neuen Vertrag aufsetzen. Der neue Vertrag würde uns achtzehn weitere Monate geben. Das wäre lang genug, um zu sehen, wie es weiter gehen sollte.

Nach dem Frühstück holte Joshs Mutter Timo ab. Er würde den Tag mit Josh verbringen.

Den Haushaltsangestellten gab ich den Tag frei. Ich wollte allein mit Thalia sein. Wir hatten sehr viel zu besprechen.

Ich hatte den neuen Vertrag noch einmal geprüft, während ich auf Thalia wartete. Ich musste nicht lange warten, denn eine halbe Stunde später hörte ich ihr Auto.

„Du bist immer noch hier?", fragte sie überrascht, als sie auf mich zu kam und mich auf die Wange küsste.

„Ich habe dich vermisst", sagte ich, packte sie und riss sie an mich für einen heißen Kuss.

„Ich habe dich auch vermisst", raunte sie zwischen zwei Küssen.

Ich hatte geplant, meine Finger von ihr zu lassen, bis wir unser Gespräch hatten. Aber ich konnte meine Gelüste nicht im Zaum halten. Eilig öffnete ich die Knöpfe ihrer Bluse.

„Adam! Warte! Timo könnte …"

Ich legte meinen Zeigefinger auf ihre Lippe. „Timo wird den Tag mit Josh verbringenund ich habe Mrs Smith den Tag frei gegeben. Wir sind allein", sagte ich und fing an ihre Brüste zu küssen.

Thalia stöhnte, zerrte an meiner Hose und zog den Reißverschluss herunter. Wenige Sekunden später lagen unsere Kleidungsstücke auf dem Boden zerstreut. Wir liebten uns schnell und heftig. Thalia war genauso eifrig und verzweifelt wie ich. Wir bewegten unsere Körper zusammen, Haut an Haut. Thalia war so bereit für mich, als ich in sie hineinstieß. Wir trieben uns immer höher, bis wir schließlich unsere Erlösung fanden.

Glücklich und entspannt lagen wir eine Weile da.

Thalia lächelte. „Du hast mir gestern Abend gefehlt."

„Du hast mir auch gefehlt. Wie war der Mädelsabend?"

„Ja, es war toll, aber Tessa hat zu viel getrunken und ist mit einem mächtigen Kater aufgewacht", sagte sie.

„Tut mir leid, das zu hören, aber das ist nicht das Einzige, was dich stört. Was ist denn?"

„Nichts. Mir geht nur so viel durch den Kopf", lächelte sie mich schwach an.

Ich wollte ihr die Möglichkeit geben, mir von der Schwangerschaft selbst zu erzählen. „Bist du sicher, dass es nichts gibt, was du mir sagen willst?"

Thalia schwieg einen Augenblick. Dann sagte sie schließlich: „Du hast recht. Es gibt etwas, was ich dir sagen muss. Aber ich glaube, ich sollte mich zuerst anziehen."

Rasch sammelte sie ihre Kleider ein und verließ den Raum. Zwanzig Minuten später saßen wir wieder im Wohnzimmer. Thalia hatte die Knie angezogen und hielt sie fest umschlungen, als sie aus dem Fenster starrte.

Ich konnte sehen, wie es in ihrem Kopf arbeitete. Sie überlegte gerade, was sie sagen sollte. Als ich sah, dass die Worte in ihrem Hals steckenblieben, beschloss ich ihr zu helfen. Ich nahm ihr Telefon und den Test aus meiner Tasche und gab sie ihr. „Du hast diese letzte Nacht vergessen."

Thalia blickte auf den Test in ihren Händen und sah mich an. Sie zögerte. „Du ... du weißt schon Bescheid."

„Ich habe den Test gestern in deinem Zimmer gefunden."

„Und bist du nicht sauer?", fragte sie verwirrt.

„Warum sollte ich?"

„Weil das nicht Teil des Plans war", sagte sie. „Unser Arrangement wird bald enden."

„Ja, aber wir können es ein wenig verlängern, was sagst du dazu?", fragte ich und nahm den neuen Vertrag vom Beistelltisch.

„Was ist das?", zögerte sie, als sie die Unterlagen nahm.

„Es ist ein neues Arrangement. Wir können es jetzt durchgehen, wenn du willst", sagte ich und bemühte mich, lässig zu klingen. Aber ich war gespannt auf ihre Antwort.

Ein paar Minuten lang dachte sie stumm darüber nach. Dann schaute sie mir zögernd in die Augen. „Na schön, lass es uns aus dem Weg räumen."

„Ich weiß, dass du jetzt enttäuscht bist. Aber ich glaube, das ist im Moment das Vernünftigste, was wir machen können", sagte ich und setzte mich neben sie auf die Couch.

Thalia nickte und lächelte schwach. Sie war nicht glücklich, aber sie versuchte, ihre Enttäuschung zu verbergen.

Nachdem sie die ersten paar Seiten gelesen hatte, schüttelte sie den Kopf. „Das ist sehr großzügig. Aber falls ich ja sage, wird es diesmal nicht um Geld gehen."

„Aber …"

Thalia schnitt meinen Satz ab. „Ich werde kein Geld annehmen, um dieses Baby zu kriegen, Adam."

Ich nickte und ließ sie weiterlesen.

Als sie die letzte Klausel las, fiel ihr Lächeln in sich zusammen. Thalia schaute mich entsetzt an und sagte: „Ist das dein Ernst? Du verlangst einen Vaterschaftstest?"

„Das ist nur eine reine Formalität."

„Eine reine Formalität! Wieso? Denkst du etwa, dass das Baby nicht deins sein könnte?"

„Nein, aber …"

„Aber was, Adam?"

Ich fuhr mir durchs Haar. „Dieses Baby wird mein Imperium erben. Ich muss hundertprozentig sicher sein, dass es von mir stammt", versuchte ich ihr zu erklären.

„Und das bist du nicht?", fragte sie und Tränen strömten ihr übers Gesicht. „Glaubst du wirklich, dass ich dich betrogen haben könnte?"

„Tal, du reagierst über."

„Ich hätte diesen verdammten Vertrag unterschrieben. Ich hätte wie bisher weitergemacht. Weißt du warum, Adam?", sagte sie und riss den Vertrag entzwei und fuhr damit fort, bis er in kleinen Fetzen auf dem Boden lag. „Weil ich dich liebe."

Ich wollte sie beruhigen. Ich streckte die Hand nach ihr aus. Aber sie wich mir aus. „Wage es nicht, mich anzufassen!"

116

Ohne ein weiteres Wort zu sagen, verließ sie den Raum. Ich wusste es besser, als ihr in diesem Zustand nachzulaufen. Also setzte ich mich hin und wartete darauf, dass sie sich beruhigte. Eine Stunde später war sie mit gepackten Taschen nach unten gekommen.

„Was machst du da?"

„Ich gehe. Unsere Zeit ist sowieso fast abgelaufen. Ich bleibe bei meinen Eltern, bis ich ein Haus finde", sagte sie und legte die Hausschlüssel und ihren Autoschlüssel auf den Tisch. „Ich brauche das Auto nicht mehr. Tessa holt mich gleich ab."

„Thalia, bitte warte, wir können darüber reden. Vergiss den Test."

Sie schüttelte den Kopf: „Darum geht's doch jetzt nicht, Adam! Mir klar geworden, dass ich mich mit sehr wenig zufriedengegeben habe. Du verdienst mich nicht."

Ich konnte ihr nicht widersprechen, weil sie recht hatte. „Was ist mit Timo und dem Baby?", fragte ich leise.

„Du kannst immer noch an ihrem Leben teilhaben, wenn du willst. Ich werde dich nicht aufhalten", sagte sie und drehte sich um und marschierte aus meinem Leben.

Verdammt, Thalia war weg und ich war ihr nicht nachgelaufen.

***

Eine Woche verging und Thalia kam nicht zurück. Sie hatte nicht angerufen oder meine Anrufe angenommen. Ich war jeden Tag in ihrem Büro, aber sie war nicht da.

Die ganze Woche hatte ich miese Stimmung. Meine Angestellten bemerkten meine schlechte Laune und versuchten mir aus dem Weg zu gehen.

Zum ersten Mal in meinem Leben war mir die Arbeit völlig egal. Ich dachte nur an Thalia. Ich wusste, dass sie auf der Suche nach einem passendem Haus war. Die Maklerin schickte mir eine Liste von den Immobilien, die sie Thalia gezeigt hatte. Es gab ein Haus, das ihr am besten gefiel, aber sie konnte es sich nicht leisten. Mein erster Instinkt war, ihr das Haus zu kaufen. Aber ich entschied mich dagegen. Ich kannte Thalia inzwischen zu gut, sie würde es nicht akzeptieren.

Ich saß in meinem Büro und versuchte, mit einem Plan aufzukommen, wie ich Thalia das Haus kaufen könnte.

Ich war tief in meinen Gedanken versunken, als ich den Lärm draußen hörte. Gereizt öffnete ich meine Bürotür und sah die letzte Person, die ich erwartet hätte zu sehen. „Sharon, was machst du hier?"

Sharon kam auf mich zu. „Adam, Liebling, ich habe dich so sehr vermisst."

„Wie kann ich dir helfen, Sharon?", fragte ich ungeduldig.

„Ich muss mit dir reden. Unter vier Augen."

Ich seufzte. „Fünf Minuten."

Als ich die Tür schloss, kam sie näher und wollte mich küssen. Ich trat einen Schritt zurück und bat sie, sich zu setzen.

Ich saß hinter meinem Schreibtisch und fragte sie noch einmal: „Warum bist du hier, Sharon?"

„Ich habe mich scheiden lassen", sagte sie.

„Es tut mir leid, aber ich weiß nicht wirklich, wieso deine dritte Scheidung mich interessieren sollte."

„Ich liebe dich. Ich bin nicht über dich hinweg. Du liebst mich auch. Wir waren sehr glücklich, erinnerst du dich nicht, Adam?"

Ich saß da und schaute sie an. Wie aus dem Ei gepellt war sie ja schon immer. Sie trug ein blutrotes Kleid, das ihre

118

Silikonbrüste betonte. Sie war das genaue Gegenteil von Thalia. Vor mir saß keine liebeskranke Frau, sondern eine Schlange, die auf der Suche nach ihrem nächsten Opfer war.

Während sie redete, fragte ich mich, wie ich sie überhaupt je lieben konnte. Ich ertappte mich dabei, wie ich sie mit Thalia verglich. Erst dann wurde mir klar, dass ich Sharon nie wirklich liebte. Thalia war meine erste und sie würde meine letzte Liebe sein. „Idiot", murmelte ich.

„Wie bitte?"

„Ich bin ein Idiot."

„Es ist schon gut, Liebling. Wir beide haben viele Fehler gemacht."

Ich stand auf und lächelte Sharon an, die mich hoffnungsvoll ansah. „Vielen Dank, dass du heute gekommen bist. Du hast mir bewusst gemacht, was mir wirklich fehlt."

Sie lächelte triumphierend. Dann flüsterte sie: „Und was fehlt dir?"

„Meine Frau. Mir fehlte meine Frau. Und ich werde sie zurückholen", grinste ich.

Sharon wurde blass. „Adam, das meinst du nicht ernst! Diese Frau ist nicht gut genug für dich. Sie ist nicht ich."

„Du hast recht, Thalia ist nicht du", sagte ich. Dann hielt ich einen Moment inne. „Deshalb liebe ich sie."

„Adam!"

Ich ging zur Tür und öffnete sie. „Leb wohl, Sharon."

Wütend verließ sie mein Büro. Sharon war es nicht gewohnt, abgelehnt zu werden.

Nachdem sie gegangen war, hatte ich nur eine Sache im Kopf. *Wie kann ich Thalia zurückgewinnen?*

Kapitel Einundzwanzig

Thalia

E s war eine Woche her, sieben lange Tage, seitdem ich Adam verlassen hatte. Er rief mich mehrmals am Tag an, aber ich nahm seine Anrufe nicht entgegen. Die ganze Woche war ich nicht auf der Arbeit erschienen. Ich war noch nicht bereit, Adam zu sehen.

Ich wusste, dass ich ihm nicht lange ausweichen konnte; er war der Vater meines Babys. Im Gegensatz zu Jeff würde Adam das Baby nie im Stich lassen. Er gehörte nicht zu der Sorte Erzeuger, die sich bei der ersten Gelegenheit aus dem Staub machen würde.

Wir würden uns an unsere Abmachung halten, aber dieses Baby würde alles verändern. Es würde uns ein Leben lang verbinden. Damit musste ich mich abfinden.

Ich wohnte immer noch bei meinen Eltern. Meine Mutter kümmerte sich um Timo, während ich meine Wunden leckte. Die ersten drei Tage waren die schlimmsten. Ich konnte nur weinen, schlafen und aus dem Fenster starren. Ich dachte viel über Adam, über unsere gemeinsame Zeit und über unsere Vereinbarung nach. Ich fragte mich immer wieder, ob das Geld den Schmerz wert war. Jedes Mal gab es dieselbe Antwort: Ein großes Nein.

Allerdings war meine Zeit mit Adam den Schmerz wert. Ich würde keinen Moment zurücknehmen. Er gab mir viel mehr als nur Geld, er brachte die alte Thalia wieder zum Leben.

120

Als ich Jeff heiratete, war ich jung, fröhlich und voller Leben. Doch kurz nach unserer Ehe hatte sich das alles geändert. Nach der Scheidung war ich nicht mehr die alte. Jeff hatte mir mein ganzes Selbstbewusstsein und Selbstvertrauen geklaut. Er hatte nur eins im Sinn: mich klein zu machen.

Aber mir wurde erst jetzt klar, dass Jeff mir das Herz nicht gebrochen hatte. Was ich nach meiner Scheidung erlitten hatte, war kein gebrochenes Herz, es war ein verwundeter Geist. Obwohl meine Eltern mir mit Timos Geburt und meiner Arbeit halfen, war ich nicht ganz geheilt.

Adam hatte es geschafft, mich zu heilen. Bei ihm fühlte ich mich begehrt, geschätzt und geliebt. Obwohl er mich nicht so liebte, wie ich es wollte, wusste ich, dass Adam mich auf seine eigene Weise liebte.

Ich konnte ihm nicht die Schuld für mein gebrochenes Herz geben. Liebe war nicht Teil unseres Plans. Es war nicht seine Schuld, dass ich ihn so sehr liebte.

Ich fühlte mich besser, als ich zu diesem Schluss kam.

Ich war nicht mehr sauer auf Adam, aber der bohrende Schmerz in meiner Brust ließ nicht nach.

Nach den ersten drei Tagen wurde mir jedoch klar, dass ich mit den Schmerzen leben musste. Ich musste stark sein für Timo und das kommende Baby.

Ich rief eine Immobilienfirma an und begann, nach Häusern zu suchen. Von den sechs Immobilien, die ich in den letzten vier Tagen gesehen hatte, gab es nur eine, die mir gefiel. Ich war enttäuscht, als ich den Preis erfuhr. Es war durchaus mehr, als ich mir leisten konnte.

Ich konnte es nicht glauben, als Kate die Immobilienmaklerin vorhin anrief und sagte, dass der Besitzer bereit sei, mir ein besseres Angebot zu machen. Aufgeregt ging ich in Timos Zimmer, um ihm die tollen Neuigkeiten mitzuteilen. Er war damit beschäftigt, ein Bild zu malen. „Hi Schatz", sagte ich und gab ihm einen Kuss. „Was malst du da?"

Er zögerte einen Moment. „Ich …ich male ein Bild für Dad." Es traf mich mitten ins Herz. „Oh."

„Dad ruft mich jeden Tag an. Er hat gesagt, dass er uns vermisst."

„Äh … Adam wird sich bestimmt sehr darüber freuen", sagte ich und versuchte, meine Tränen zu unterdrücken.

„Bist du böse auf mich?", fragte Timo.

„Warum sollte ich böse sein?"

„Tja, weil ich mit Dad spreche."

„Nein, Baby. Ich bin nicht böse", versicherte ich ihm.

„Werden wir wieder alle zusammenwohnen?", fragte er hoffnungsvoll. Timo liebte Adam; er nannte ihn Dad, was für mich neu war. Es brach mir das Herz, dass ich ihn enttäuschen musste. „Nein, Baby. Aber wir werden bald in ein neues Haus ziehen. Du wirst es dort lieben."

„Wird Dad bei uns wohnen?", fragte er erneut.

„Nein, aber du kannst ihn besuchen."

„Aber es ist nicht dasselbe. Ich vermisse ihn, Mom."

Was habe ich meinem kleinen Jungen nur angetan. Ging es mir durch den Kopf.

Ich nahm ihn in die Arme und drückte ihn fest an mich.

„Adam und ich können nicht mehr zusammen bleiben, Timo."

„Aber ihr küsst euch und so. Ich dachte, dass du ihn liebst."

„Ich liebe Adam, aber es ist nicht immer genug jemanden zu lieben."

„Warum?" Timo ließ nicht locker.

„Weil …" Was sollte ich darauf antworten. „Weil Erwachsene kompliziert sind. Außerdem liebt Adam dich. Ihr könnt Freunde bleiben."

„Ja", sagte er, aber ich konnte sehen, dass er sehr traurig war. „Alles wird gut, Baby. Ich verspreche es dir", sagte ich und eilte aus dem Raum.

In meinem Zimmer weinte ich mich in den Schlaf. Ich wusste nicht, dass Timo von einem Vater träumte. Ich hätte nie gedacht, dass er so sehr an Adam hängen würde. Jetzt war mein Sohn verletzt und es war alles meine Schuld.

Am nächsten Morgen fühlte ich mich etwas besser. Ich war entschlossen, das Haus zu kaufen. Ich musste ein Zuhause für Timo und das Baby schaffen.

Als ich in dem Haus ankam, war Kates Auto nicht da. Stattdessen fand ich einen brandneuen SUV in der Einfahrt. Er war voller Baby Kram. *Oh mein Gott, das Haus, jemand hat mich dazu geschlagen.* Ich eilte hinein, um zu sehen, was los war.

Die Vordertür war offen, ich trat ein und ich fand Adam, der dort stand und mich anlächelte. „Adam! Was machst du hier? Wo ist Kate?"

„Sie wird nicht kommen. Das Haus ist schon verkauft", informierte er mich.

„Aber … Aber sie hat gestern gesagt, dass es auf dem Markt steht", raunte ich.

„Jetzt nicht mehr."

„Wieso bist du hier? Und wessen Auto steht draußen?", fragte ich immer noch verwirrt.

Adam gab mir die Autoschlüssel. „Ich habe das Haus für uns gekauft und das Auto draußen gehört dir. Du brauchst jetzt ein zuverlässiges Familienauto."

Ich schüttelte den Kopf. „Du kannst mir nicht ein Haus und ein Auto kaufen. Ich werde sie nicht nehmen, das weißt du."

„Ich habe das Haus nicht für dich gekauft, sondern für uns."

Ich schüttelte den Kopf. „Ich kann dein Angebot nicht annehmen, Adam. Es tut mir leid."

Adam nahm den Ehevertrag, den ich unterschrieben hatte, aus seiner Aktentasche und riss ihn in kleine Stücke.

Ich sah ihn verwirrt an. „Was machst du da?"

Adams Augen suchten meine. „Liebe steht nicht im Vertrag."

„Was versuchst du zu sagen, Adam? Ich bin mir nicht sicher, ob ich dir folgen kann."

„Du hattest recht, als du gesagt hast, dass ich nichts an unserer Vereinbarung ändern will. Ich wollte kein Risiko eingehen, aber als du letzte Woche gegangen bist, wurde mir klar, dass es dafür zu spät war, ich bin schon bis über beide Ohren in dich verliebt. Nie zuvor habe ich eine andere Frau wirklich geliebt. Ich liebe dich, Thalia."

„Du ...du liebst mich", flüsterte ich.

„Ich liebe dich, obwohl ich mich so sehr bemüht habe, mich nicht in dich zu verlieben. Aber du hast es unmöglich gemacht. Ich schätze, ich wusste es, als wir das erste Mal zusammen schliefen; deshalb geriet ich in Panik und versuchte, Abstand zu halten. Ich wollte, dass es nur Sex ist."

Während er sprach, füllten sich meine Augen mit Freudentränen. „Aber es war nie nur Sex. Du hast dich in mein Herz geschlichen und ich habe jeden Moment davon genossen."

„Das Baby ist ..."

Adam legte mir einen Finger über die Lippen.

„Ich weiß, dass es meins ist, aber es geht nicht um das Baby. Du bist mein echter Gewinn."

Adam ging auf die Knie, nahm meine Hand und küsste sie zärtlich. „Ich bitte dich, mich zu heiraten. Mit mir zu leben und jeden Tag neben mir aufzuwachen. Ich will Timos Vater sein." Er holte eine kleine Schachtel aus seiner Tasche und gab sie mir. Mein Atem stockte, als ich den Ring sah.

„Sag, dass du mich heiraten wirst."

„Gott, Adam, wir sind schon verheiratet."

Er lächelte und nahm mein Gesicht in seine Hände. „Heißt das Ja?"

Nein zu sagen, war unmöglich. Ich liebte ihn so sehr. Ich legte meine Lippen auf seine und küsste ihn sanft. „Ich liebe dich auch."

„Sag ja."

„Ich dachte, das hätte ich bereits gesagt."

Adam schlang beide Arme um meinen Rücken und vertiefte unseren Kuss. Als ich zurückzog, um Luft zu holen, sagte er: „Du weißt, dass die Master-Suite nur ein Schlafzimmer hat. Jetzt musst du mit meinem Schnarchen leben."

„Ich dachte, du schnarchst nicht."

„Ich habe gelogen. Ich schnarche, trete und werde jeden Tag mit dem Verlangen nach dir aufwachen."

„Ich glaube, der letzte Teil gefällt mir am besten."

„Gut, denn es gibt jetzt kein Zurück mehr."

„Nein, es gibt kein Zurück", sagte ich und drückte mich an seine Brust. Mein einziger Gedanke war, dass Adam für immer mir gehörte.

Ende

Erscheint bald!!!

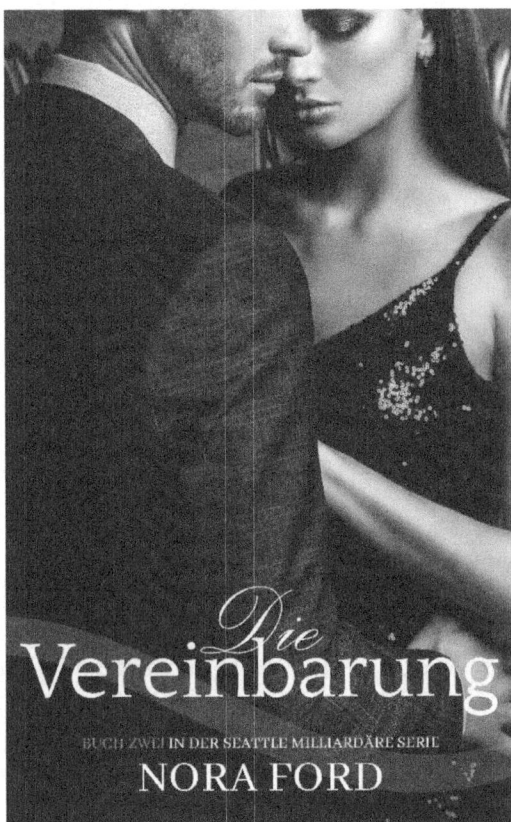

Die
Vereinbarung
BUCH ZWEI IN DER SEATTLE MILLIARDÄRE SERIE
NORA FORD

Made in the USA
Las Vegas, NV
21 February 2025